紫式部と王朝文化のモノを読み解く

唐物と源氏物語

河添房江

角川文庫
23871

はじめに

最近、街のデパートに入ると、同じような光景に出会います。一階は必ずといってよいほど、舶来のメーカーが中心の化粧品コーナーと、ルイ・ヴィトンやシャネルといった著名なブランド・ショップが立ち並んでいます。人がいなければ、あたかも日本であることを忘れさせるような空間です。

人々は、香水やバッグやスカーフといった物を買うというより、ルイ・ヴィトンやシャネルといった舶来ブランドのイメージを買いに訪れるのでしょう。あるいは買わないまでも、ウィンドーショッピングで、一瞬セレブのようなラグジュアリーな気分を味わうわけです。

それでは、時間を千年さかのぼって、平安時代の昔はどうだったのでしょうか。沈香《じんこう》、瑠璃《るり》壺《つぼ》、秘色青磁《ひそくせいじ》、唐綾《からあや》、貂皮《てんがわ》……。

平安時代にも、じつは「唐物《からもの》」とよばれる舶来のブランド品がありました。しかし、それらは庶民の手にとどくものではなく、天皇や貴族たちの富と権威の象徴でした。

舶来品は一種のステイタス・シンボルであったので、人々の憧憬を集めたのです。

そして唐物とよばれる異国のモノは、紫式部の著した『源氏物語』『紫式部日記』をはじめとして、『竹取物語』『うつほ物語』などの作り物語、清少納言の『枕草子』、歴史物語の『栄花物語』など、王朝文学を代表する作品にもしばしば出てきます。

たとえば、『竹取物語』でかぐや姫が五人の求婚者たちに課した難題の品は、国内にはないものがほとんどです。求婚者たちの解決方法はそれぞれですが、「火鼠《ひねずみ》の皮衣」を求められた阿部御主人《あべのみうし》は、唐商人の王けいに頼んで手に入れようとします。いまでいえば、輸入業者に特別に頼むか、海外のブランドに何百万もかけて特注するようなものかもしれません。

『枕草子』でも、「唐錦《からにしき》」「唐綾」「唐鏡《からかがみ》」「唐《から》の紙」「瑠璃壺」などが出てきて、唐物が定子サロンを華やかに彩っていたことがわかります。定子も唐物に囲まれることで、中宮としての権威を保とうとしたのです。

紫式部も中宮彰子《しょうし》のもとに宮仕えをしたことで、唐物の世界をより深く知ることになります。それは『源氏物語』の世界にも反映されました。主人公の光源氏もまた唐物を贅沢《ぜいたく》に所有し、消費し、贈ることで、権力を保持し、物語のヒーローになりえたのです。

そこで本書では、紫式部が体験した王朝文化の世界を、特に唐物とよばれる異国のノを通じてご紹介したいと思います。そこから、これまで想像されてきた『源氏物語』や王朝文学の世界、ひいては作者の紫式部や藤原道長など周囲の人々の人生が少し違った角度から視《み》えるのならば、著者としても、これにまさる幸いはありません。

目次

第一章　紫式部の人生と唐物

では紫式部自身はどのような唐物という王朝ブランド品に接しながら、宮仕え生活を送っていたのでしょうか。具体的な話に移る前に、紫式部の宮仕えに至るまでの半生を、家系や少女時代からたどってみたいと思います。なぜなら、その軌跡が『源氏物語』に出てくる唐物や、それをもたらす異国との関係と深くかかわっているからです。

＊

紫式部の家系と少女時代

紫式部の家系は、藤原北家《ほっけ》の良房の弟、良門の流れを引き、曾祖父の藤原兼輔《かねすけ》は堤中納言とよばれ、娘を醍醐《だいご》天皇の後宮に入内《じゅだい》させるほどの家柄でした。兼輔は三十六歌仙の一人で、歌人としても有名でした。

しかし紫式部の父親の藤原為時《ためとき》の時代には、もはや受領《ずりょう》層という中流の階層にとどまり、同じ藤原北家とはいえ、藤原道長のような家筋の権勢とは比べるべくもなかったようです。

父為時は、大学寮の文章生《もんじょうしょう》の出身で、漢学に親しみ、詩文の才に秀でた文人でした。

紫式部の母は藤原為信《ためのぶ》の娘ですが、幼い頃に他界し、紫式部は母よりも学者の父からの影響を受けた、いわばファザコン娘でした。

父為時が弟惟規《のぶのり》に漢籍を教えるのをそばで聞いていて、紫式部の方が覚えるのが早かったので、式部が男であったらと嘆いたエピソードはあまりにも有名です。こうした漢籍への造詣は、強靭《きょうじん》な思考力を養い、『源氏物語』の創作にも大いに活《い》かされました。

また幼くして母を失った紫式部は、同腹の姉と親しみますが、その姉も若くして亡くなり、同性の友人たちと文通することで心を慰めたといいます。紫式部の歌集である『紫式部集』はこんな歌ではじまっています（図1－1）。

めぐりあひて見しやそれともわかぬまに雲がくれにし夜半《よは》の月かな（一）

（久しぶりに再会して、その人とはっきり見分けることもできないうちに、慌ただしく帰ってしまった友よ、まるで雲間に隠れてしまった夜半《よわ》の月のように）

この歌は『百人一首』にも採られた有名な歌ですので、ご存知の方も多いでしょう。詠みかけた相手は、紫式部の少女時代に親交があった友人で、父親が国守になったため、一緒に任国に下ったのでした。二人が再会したときは、お互い成長して、あまり

図１－１　兼輔の屋敷跡とされる廬山寺の紫式部の歌碑　著者撮影

にも面がわりしてしまった、しかも、慌ただしい再会で旧交を温めるひまもなかったという嘆きの歌です。

当時の女性の私家集といえば、恋愛の歌か四季の春の歌ではじまるのが定番でした。しかし、女同士の友情にかかわる歌で『紫式部集』がはじまること、そしてそれが『百人一首』に採られるというのは、いかにも紫式部らしいと思います。

当時、受領とよばれる階級の娘同士ならば、こんな別れと再会をくり返していたのでしょう。なかでも紫式部は異性よりも女同士の交流を大切にする人だったようで、

『紫式部集』のはじめには、女友だちと交わした歌がずらりと並んでいます。同じ文学趣味の友人に恵まれたことは、後に物語作家として生きるうえでも大きな財産になったことでしょう。

しかし紫式部は母や姉にも先立たれて、主婦代わりの立場となって、そのため婚期を逃す結果になりました。

父為時と夫宣孝

さて父為時は、花山天皇の時代に式部大丞《しきぶのたいじょう》にまでなりましたが、その後、無官の時代が続き、長徳《ちょうとく》二年（九九六）にようやく越前の国守に決まりました。同じ年の夏、為時は紫式部をともない、琵琶湖《びわこ》の西岸を通って、越前に下ります。

越前の国府（現在の越前市）で紫式部は一年半ほどの歳月を過ごします。『紫式部集』には越前への下向の旅や自然に触れた和歌が少なからず残されています。

ただでさえ婚期の遅れた式部がその時、父と越前国に下ったのは、以前から求婚していた遠縁の藤原宣孝《のぶたか》を避けるためだったという説もあります。しかし雪深い越前の国府での越冬は、紫式部にとって耐えがたかったのか、二年後の春に単身帰京し、秋頃に宣孝の熱心な求婚に屈した形で妻となったようです。

ところが宣孝との間に娘の賢子が生まれたものの、長保《ちょうほう》三年（一〇〇一）の初夏に宣孝がはやりの疫病で没してしまい、結婚生活はわずか三年あまりでピリオドが打たれます。

夫の死の打撃を契機に、紫式部は本格的に『源氏物語』の創作をはじめ、厭世《えんせい》の思いを紛らわしたようです。その初めの巻々が世間に広まり、評判を呼びます。そこで藤原道長に求められて、寛弘《かんこう》二年（一〇〇五）か翌年の年末に、一条天皇の中宮彰子のもとに出仕しました。

宮仕えの時代

初めは父為時の官職によって「藤式部」とよばれますが、『源氏物語』の若紫巻が評判となって「紫式部」とよばれます。最初は親族の将来を思い、気の進まぬ出仕をした式部でした。出仕当初は違和感に苦しみますが、しかし、やがて中宮彰子の信任を得て、いわば家庭教師役として、ひそかに白楽天の『白氏文集《はくしぶんしゅう》』の「楽府」の進講をしました。また同僚から「日本紀の御局」とあだ名され、困惑することもありました。宮仕えの間に長編ロマンの『源氏物語』を完成し、また宮廷生活の記録である『紫式部日記』を残します（図1－2）。

『紫式部日記』は、寛弘五年（一〇〇八）秋から同七年正月までの中宮彰子サロンの動静と、折々の作者の感慨を記録した日記です。冒頭は道長邸である土御門《つちみかど》殿の描写で、そこから敦成《あつひら》親王の誕生、その産養《うぶやしない》や一条天皇の行幸、五十日《いか》の祝い、冊子作り、彰子の宮中帰還、五節《ごせち》の行事など、主家の栄華を伝える公的な記録が続きます。

さらに消息文《しょうそくぶん》とよばれる部分では、同僚の女房や清少納言・和泉式部《いずみしきぶ》などへの忌憚《きたん》のない批評や、斎院（村上皇女選子《せんし》内親王）方と中宮彰子サロンの気風の比較が続きます。そこから自身の半生を顧みての心境が長文でつづられます。

紫式部は一条天皇の亡き後も、女院となった彰子に仕えて、藤原実資《さねすけ》の日記『小右記《しょうゆうき》』で、長和《ちょうわ》二年（一〇一三）五月の記事にその存在を確認できます。実資は、以前から重要な用件を取り次いでいるのが越前守為時の娘、すなわち紫式部と記しています。紫式部の消息はそれ以降は明らかでなく、没年は定かではありません。

『紫式部日記』のなかの唐物

紫式部の半生を関わりのある人物とともに、あらあらと見てきました。ここからは『紫式部日記』のなかで明らかに唐物とわかる品々に注目してみましょう。それらは「沈」「唐綾」「羅《うすもの》」「唐の組」などです。

「沈」に注目してみますと、「沈の懸盤《かけばん》（食器を載せる台）」が敦成親王誕生の三日の産養、「沈の折敷《おしき》」（縁つきの盆）が五十日の祝いに使われています。後者に「例の」という形容がつくように、こうした晴儀《せいぎ》の折にはつきものの食器類として語られてい

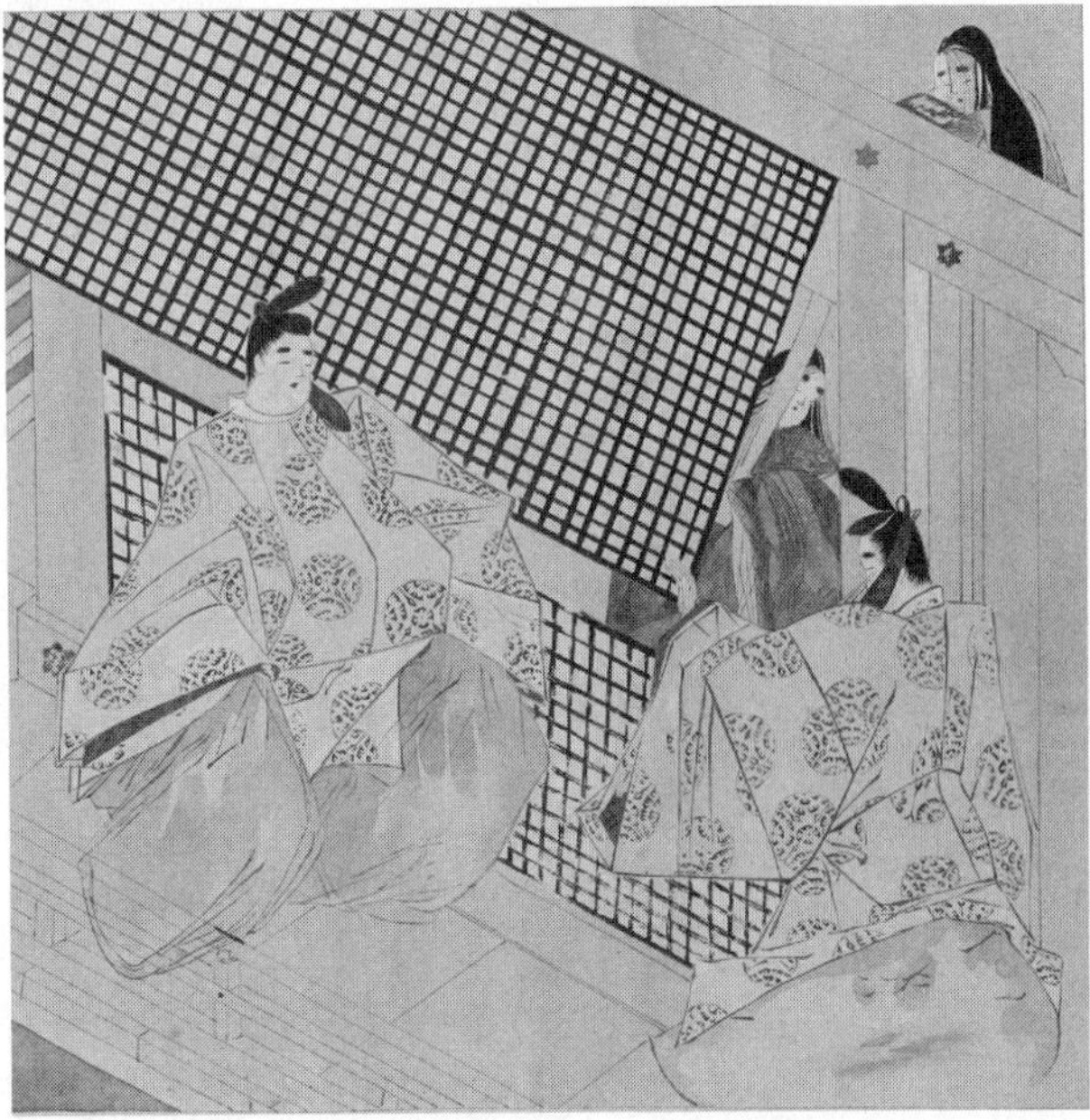

図1－2　殿上人と応対する紫式部　「紫式部日記絵巻」模本　東京国立博物館

ます。「沈の櫛《くし》」もありますが、それは内大臣公季《きんすえ》から中宮彰子への返礼の品です。

次に装束関係の唐物に注目してみますと、女房たちの晴儀での衣装にみられます。土御門殿行幸での橘《たちばな》の三位《さんみ》の「青いろの唐衣《からぎぬ》、唐綾の黄なる菊の袿《うちき》ぞ、表着《うはぎ》なんめる」（青色の唐衣を着、唐綾の黄菊襲《きぎくかさね》の袿が表着のようである）であるとか、新年に誕生まもない敦成親王の陪膳《はいぜん》役を務めた大納言の君の三日目の衣装、「三日は唐綾の桜がさね、唐衣は蘇芳《すはう》の織物」（唐綾の桜襲の表着に、唐衣は蘇芳の織物）などです。

彰子腹の敦成皇子誕生という慶事に際して、唐物のような贅沢《ぜいたく》品を使った衣装を着用することは当然のことでしょう。『紫式部日記』における女房たちの装束の挑みあいについて、紫式部の観察眼は、唐物といった素材はもとより、どのような模様なのか、どのように工夫をして着こなしているかも焦点化したといえます（図1－3）。

その他に注目されるのは、出産を終えて宮中に帰還する中宮彰子へ、道長から贈られた草子箱の中身です。

手筥《てばこ》一よろひ、かたつかたには、白き色紙つくりたる御冊子ども、古今、後撰集《ごせんしふ》、拾遺抄、その部どもは五帖につくりつつ、侍従の中納言、延幹《えんかん》と、おのおの冊子ひとつに四巻をあてつつ、書かせたまへり。表紙は羅《ら》、紐《ひも》おなじ唐の組、かけごの上に入れたり。

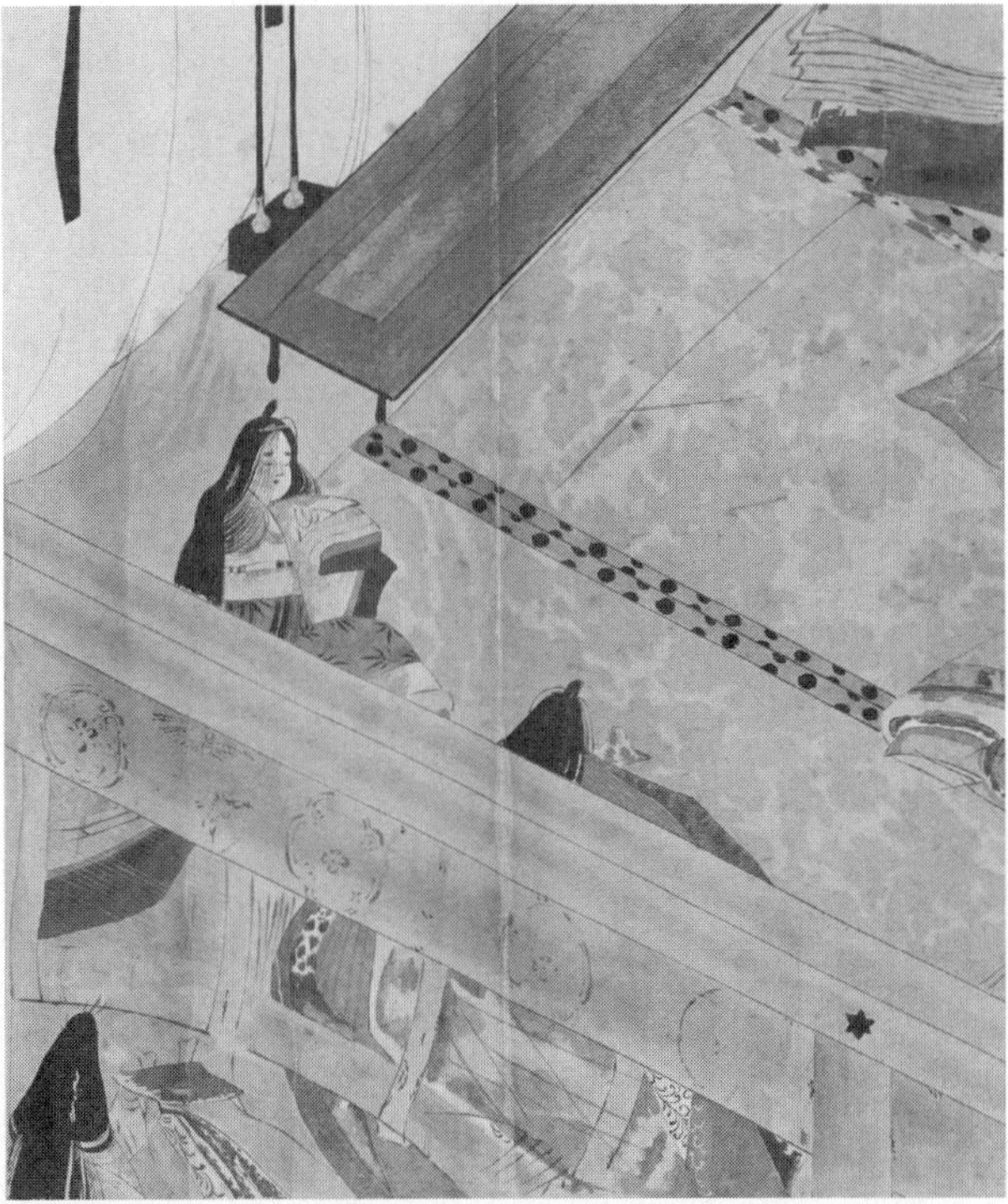

図1－3　敦成親王の五十日の祝いで正装した女房達 「紫式部日記絵巻」模本　東京国立博物館

（手箱が一対、その一方には白い色紙を綴《と》じたご本の類、『古今集』『後撰集』『拾遺抄』などで、その歌集一部はそれぞれ五帖に作って、侍従の中納言と延幹とに、おのおの冊子一帖に四巻をあててお書かせになっている。表紙はうす絹、紐も同じうす絹の唐様の組紐で、懸子の上段に入れてある。）

そこに収められた草子の表紙は、羅とよばれる舶来の高級な薄物であり、とじ紐も唐様の組紐で舶来品の可能性が高いものです。この条には道長が蓄えていたであろう唐物の富の一端が示されているのです。道長と唐物の関係については、後の章に回しますが、そこにまさに権力者と唐物の不即不離の関係がうかがえます。

その関連で注目されるのは、『紫式部日記』のはじめの方で出産の近い彰子が、初産の不安をかかえながら、薫物《たきもの》を作らせ、それを女房たちに配った条です。

二十六日、御薫物あはせ果てて、人びとにも配らせたまふ。まろがしゐたる人びと、あまたつどひゐたり。

（二十六日、御薫物の調合が終わってから、中宮さまは、それを女房たちにもおくばりになられる。お香を練り丸めていた人々が、おすそわけにあずかろうと、御前に大勢集っていた。）

この時の薫物は女房に配っただけでなく、後日、五節の舞姫にも与えたようです。土御門殿の道長のもとには、唐物である香料が大宰府の高官たちから献上されることも頻繁で、上等な薫物をつくる材料には事欠かなかったはずです。思いやりをもって薫物を作らせ、そう簡単に薫物を調達できないような女房たちに下賜することも、彰子のような立場にある女主人の務めだったのです。

そこで次章では、この薫物について『枕草子』や他の平安文学にも言及しながら、王朝のフレグランスの世界にご案内したいと思います。

第二章　王朝のフレグランス

日本の香文化の源流

薫物は、ご存じの方も多いでしょうが、平安時代に発達した練り香で、沈香《じんこう》・丁子《ちょうじ》・薫陸《くんろく》・白檀《びゃくだん》・麝香《じゃこう》などの香料を細かく砕き、何種類かをブレンドして蜜で練りあわせ、熟成させたものです。

注意してほしいのは、これらの香料は一つとして国産のものはなく、すべて舶来品に頼らなければならなかったということです。つまり舶来の香料で作られる薫物は当時、大変な贅沢《ぜいたく》品で、紫式部も宮仕え生活に出てはじめて、さまざまな薫物の種類に出会ったと推測されます。

ここでは薫物の歴史ばかりでなく、そもそも日本の香りの文化はどのような経緯で発達したのか、その起源からたどり見ていきましょう。

＊

日本に香が伝わったのは、仏教伝来とともに、儀式用に香料が伝えられたとするのが一般的です。香料にまつわる記録としては、『日本書紀』推古《すいこ》天皇三年（五九五）

の条に、淡路島に「沈水《じんすい》」（沈香、比重が重く水に沈むのでこう呼ばれる）が漂着したとあるのが最初とされます。

島人が香木と知らずに、薪と一緒に燃やしたところ、その煙が遠くまで薫ったので、不思議なことに思い、沈水を朝廷に献上したというものです。

奈良時代になりますと、『法隆寺伽藍縁起幷流記資財帳《ほうりゅうじがらんえんぎならびるきしざいちょう》』（七四七）に、香の記録として白檀、沈水香《こう》、浅香《せんこう》、丁子香、安息香《あんそくこう》、薫陸香《こう》、甘松《かんしょう》、楓香《ふうこう》、蘇《そ》合香《ごうこう》、青木香《せいもっこう》などが出ています。

東大寺の『正倉院御物棚別目録《しょうそういんぎょぶつたなべつもくろく》』でも、黄熟香《おうじゅくこう》、全栈香《ぜんせんこう》、沈香、麝香、丁子香、薫陸香、えび香（調合した防虫芳香剤）の名などが見えます。この黄熟香は後世には蘭《らん》奢待《じゃたい》と香銘がつき、足利義政をはじめ、織田信長、徳川家康など時の権力者たちが切り取ったことでも有名です（図２－１）。

奈良時代の香は、仏教行事で供香《そなえこう》として用いられましたが、その範囲は宮中や寺院に限られていました。香料はいずれも日本には産しない、正真正銘の唐物ブランド品でしたから、一般には入手も困難だったわけです。

平安時代になると、香は仏事や儀式用ばかりでなく、貴族趣味の対象となり、高度で洗練された薫物へと工夫が凝らされます。

薫物は、仏前でくゆらし浄土幻想をもたらす「名香《みょうこう》」、装いとしての「衣香」、室内

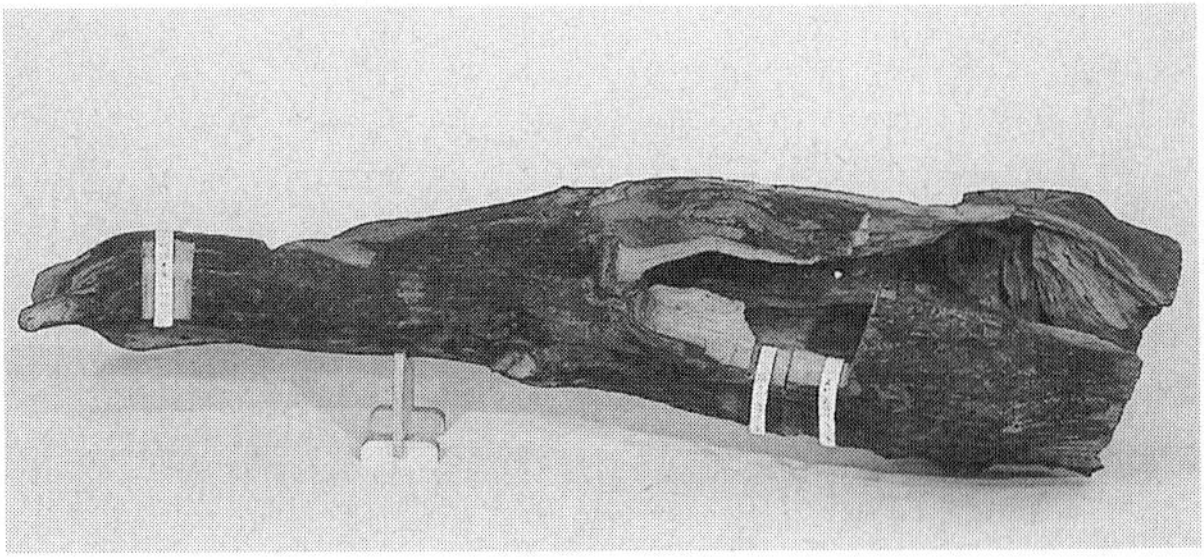

図２－１　正倉院宝物の蘭奢待《らんじやたい》（黄熟香）

でくゆらす「空薫物《そらだきもの》」、また焚《た》かれずともそのものが優雅なギフト品となるなど、さまざまな用途で使われます。

特に仁明《にんみよう》天皇の時代（八三三―八五〇）に、薫物の調合がさかんになり、仁明天皇その人や、その第七皇子である八条宮本康《もとやす》親王、閑院左大臣とよばれた藤原冬嗣《ふゆつぐ》など、合香の名手が次々とあらわれました。

以来、多くの人々が王朝の美意識を表現しようと薫物のレシピを競い、その秘方は平安末期の香書の集大成というべき『薫集類抄《くんしゆうるいしよう》』に残されています。『薫集類抄』は藤原範兼《のりかね》が鳥羽上皇の勅令を受けて著したものとされ、上巻には、名手のレシピが列記され、下巻は、調合の仕方や製造法など、諸家の説が記されています。

鑑真と香料

時に日本での薫物の始祖は、奈良時代にさかのぼって唐招提寺を創建した鑑真和上という説があります。

たしかに鑑真は六度目の渡航で来日しますが、天平《てんぴょう》十二年（七四〇）の二回目の渡航準備の際に、沈香木、麝香、甲香《こうこう》、甘松、竜脳《りゅうのう》、占糖《せんとう》、安息、桟香、零陵《れいりょう》、青木《しょうもく》、薫陸など薫物の材料を用意したといいます（『過海大師東征伝《かかいだいしとうせいでん》』）。

はたして来日した鑑真が、日本で最初に薫物を合わせた人物かどうか定かではありませんが、薫物の製法が最初、中国からもたらされたことは間違いないところです。『後漢書』の作者である范曄《はんよう》（三九八―四四五）の著述のなかには、現存はしませんが『和香方』という合香の専門書がありますし、それ以降、隋《ずい》や唐の時代にも香書は少なからずあったといわれます。特に七世紀の唐代では、煉香《れんこう》といって、日本の薫物の元祖となるような練り香が流行したようです。

薫物の元祖が、唐代の煉香であることは、衣服に焚きしめる「薫衣香《くぬえこう》」の調合についての『薫集類抄』の記述が裏づけます。そこには、「洛陽《らくよう》薫衣香」「会昌《かいしょう》薫衣香」といった調合法があり、また唐僧の長秀《ちょうしゅう》の工夫が示されています。

つまり「薫衣香」は、唐直輸入の古いタイプの煉香から発達した薫物ということになります。『薫集類抄』には、邠《ひん》王家、長寧公主、丹陽公主、姚家《ようか》、建医師など渡来

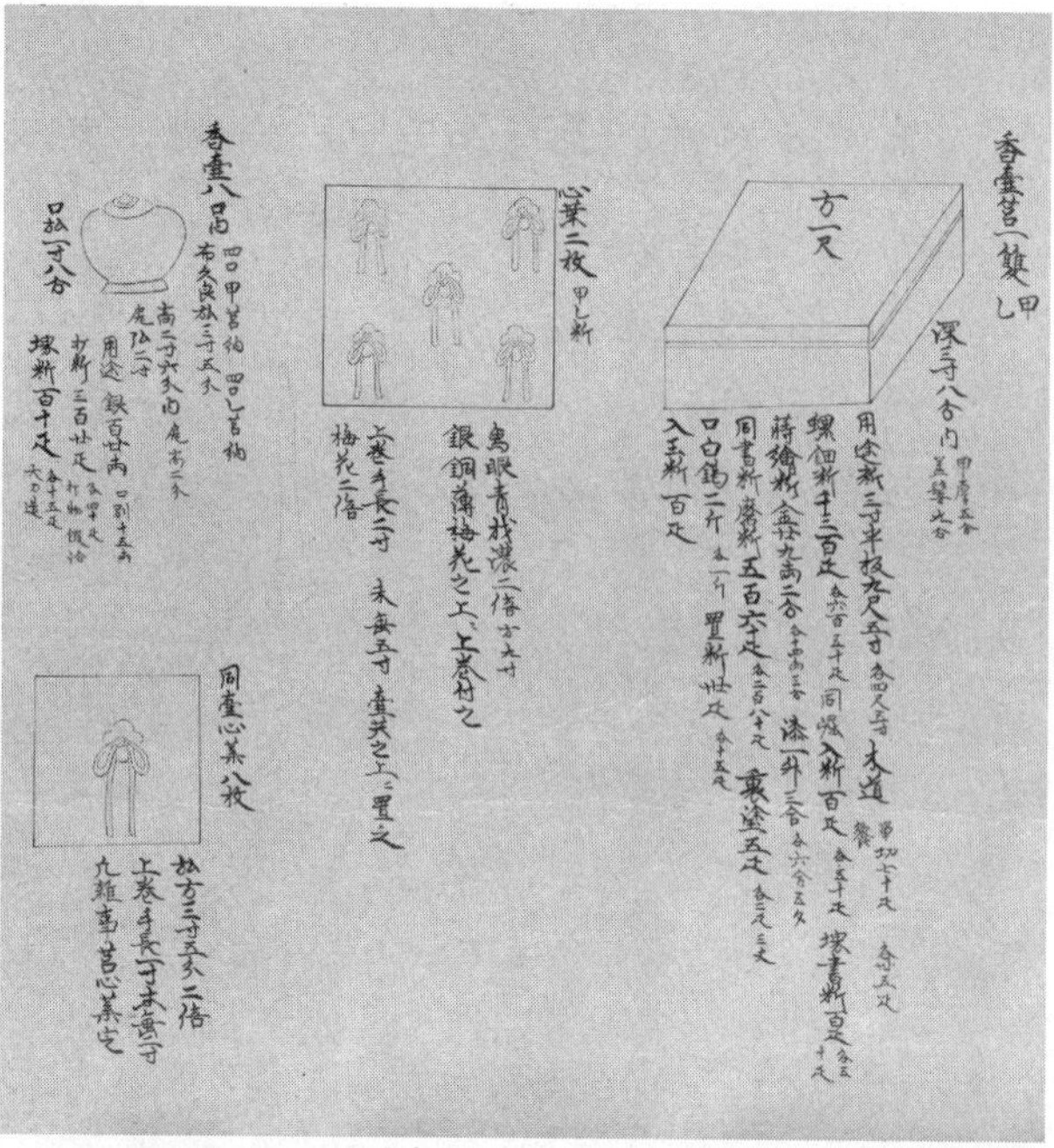

図2－2　薫物を入れた香壺《こうこ》箱（右上）と香壺（左上）『類聚雑要抄』巻四　国立国会図書館

の合香のレシピも示されています。

『源氏物語』に先行する『うつほ物語』では、あて宮というヒロインが東宮のもとに入内する際、物語のヒーローで、あて宮に失恋した藤原仲忠が四つの箱を贈るのですが、その一つの薫物の箱には「唐の合はせ薫物」が入っていたと語られます（図2－2）。これは唐から直輸入の薫物、もしくはそれとまったく同じ調合法で作られた薫物ではないでしょうか。

つづいて「黒方《くろぼう》を薫物の炭のやうにして、白銀の炭取りの小さきに入れなどして」（黒方を薫物に用いる炭のような形にして銀製の小さな炭取りに入れたりして）とあるので、「唐の合はせ薫物」と和製の「黒方」の薫物が対比的に描きわけられた興味深い例になります。

『源氏物語』に遅れて成立した歴史物語の『栄花物語』では、はつはな巻に道長の長男である藤原頼通《よりみち》と具平《ともひら》親王の娘隆姫《たかひめ》との婚儀が語られます。

その際、女房の衣装に焚きしめられた薫衣香が、その時代にあるような薫物でなく、「げにこれをや古の薫衣香」（なるほどこれが昔の薫衣香など）と語られています。これも唐直輸入の古い薫衣香を再現したものでしょう。

儀式に使われる薫物

さて、唐代の煉香から発達した薫物が、平安時代のどのような場面で使われているのか、さらに用途別に詳しく見ていきたいと思います。

仏教とともに日本に伝来した香木は、奈良時代に供香として用いられ、儀式のおりには空香《くうこう》（物ではなく空間に焚いて楽しむ香）といわれる空薫物《そらだきもの》としても使用されましたが、それは平安の薫物でも同様でした。

しかし、仏教行事に限らず、さまざまな儀式や晴の場面で薫物が使われたことがわかります。たとえば天徳《てんとく》四年（九六〇）三月三十日に催された内裏歌合は、村上朝の一大セレモニーで、後の時代の歌合の規範となった名高い盛儀です。そこでは左方は黒方、右方は侍従《じじゅう》をくゆらしています。黒方は最も格の高い薫物で、侍従はそれに次ぐという認識がすでにあったわけです。

『うつほ物語』では、産養《うぶやしない》（出産を祝う儀式）の前に、薫物が盛大に焚かれています。それは蔵開《くらびらき》上巻で、女一の宮が犬宮を産んだ際、女一の宮の母の女御が、七日目の産養の準備をした前日のことでした。

かくて、六日になりぬ。女御、麝香《ざかう》ども多くくじり集めさせたまひて、裛衣《えひ》、丁子、鉄臼《かなうす》に入れて擣《つ》かせたまふ。練絹《ねりぎぬ》を綿《わた》入れて、袋に縫はせたまひつつ、一袋づつ入れて、間ごとに御簾《みす》に添へて懸けさせたまひて、大いなる白銀《しろかね》の狛犬《こまいぬ》四つに、腹に同じ火取《ひとり》据ゑて、香の合はせの薫物絶えず焚きて、御帳《みちやう》の隅々に据ゑたり。廂《ひさし》のわたりには、大いなる火取によきほどに埋みて、よき沈、合はせ薫物多くくべて、籠覆《こおほ》ひつつ、あまた据ゑわたしたり。（蔵開上）

（こうして、六日目となった。母女御は、麝香を多く集めさせて、裛衣香、丁子香と一緒に鉄臼に入れてお搗かせになる。そして練り絹に綿を入れて、袋に縫わせたものの一袋ずつに入れて、あたかも薬玉のようにして、一間ごとの御簾にかけた。それから大きな白銀の狛犬四つの腹に火取香炉を入れて、御帳台の四隅で合わせ薫物を絶えず焚いている。廂の間には、大きな火取香炉に、良質の沈香や合わせ薫物をほどよく埋めて焚いて、籠《かご》で覆って、たくさん置いてある。）

まず女御は、麝香・裛衣・丁子などを鉄臼に入れて細かく砕き、それを練絹にいれて、あたかも薬玉のようにして、一間ごとの御簾にかけます。

それから御帳《みちょう》台の四隅で合わせ薫物を、廂の間で沈香や合わせ薫物を盛大に焚きます。

そこには女一の宮に養生のために食べさせた蒜《ひる》（にんにく）の香りをかくすという母親らしい気遣いもあったのです。

『うつほ物語』では、こうした空薫物ばかりでなく、薫物が晴の場面の贈り物になるという例が多いのが特徴でしょうか。同じく犬宮の七夜目の産養では、あて宮が仲忠に、合わせ薫物を三種、そして竜脳香を贈っています。ちなみに竜脳香とは、かの楊《よう》貴妃《きひ》が匂い袋に入れて愛用したという伝説のある香です。

玄宗皇帝の時代に交趾《こうち》（北ベトナムのハノイ）から竜脳香のじつに美しい結晶が献上され、「瑞竜脳《ずいりゅうのう》」と銘がつけられました。玄宗はただ楊貴妃だけに十枚を与えたといいます。楊貴妃はこの瑞竜脳を匂い袋に入れて愛用しました。

ある時、楊貴妃の頭巾が風で飛び、琵琶の名手である賀懐智《がかいち》の頭巾の上にしばし止まり、賀懐智が家にもどっても、頭巾の素晴らしい香りがつづいたといいます。やがて、安禄山《あんろくざん》の変で楊貴妃が殺された後、賀懐智がその頭巾をもって玄宗に見せたところ、その香りが楊貴妃の愛用した瑞竜脳と知り、玄宗は涙したということです。

『うつほ物語』に話をもどしますと、菊の宴巻では、太后の六十の賀宴の贈り物として、沈、麝香、白檀といった香料と薫物が贈られています。そもそも、あて宮の入内に際して、仲忠は白銀の薫物の箱に「唐の合はせ薫物」を入れて贈ったことは、先にふれたとおりです。

『栄花物語』に転じますと、御裳ぎ巻で、禎子《ていし》内親王の裳着《もぎ》に際して、叔母である中宮威子《いし》、尚侍嬉子《きし》、叔父である藤原頼通から装束や扇のほか、薫物が贈られています。

また、わかみづ巻では、同じく禎子内親王が東宮に入内する時に、伯母で東宮の母である彰子から、やはり装束や扇に加えて、薫物が贈られています。裳着や入内の時に、薫物が定番の贈り物としてしばしば使われたことがわかります。

ギフトとしての薫物

薫物の贈り物は、上から下へばかりでなく、上流貴族同士の趣向の競い合いといった感覚で描かれる場合もあります。その典型が『うつほ物語』で、薫物はしばしば洲《す》浜《はま》とよばれる祝儀の品の素材として使われています。吹上《ふきあげ》上巻では、紀伊の国の唐物長者である種松が、帰京する仲忠たち一行に豪華なプレゼントをしますが、その中の洲浜では、合わせ薫物を加工し、島の形にして浮かべたとあります。

また、あて宮腹の第三子の九日の産養の折、仲忠が贈った洲浜では、「黒方、侍従、薫衣香、合はせ薫物」をくだいて土にして山を作っています。薫物の変形のしやすさが、細工のしやすさにつながっているのでしょう。

ここから連想されるのは、『今昔物語集』の平中《へいちゆう》こと平定文《たいらのさだふみ》にまつわる説話でしょうか。平中は、藤原時平に仕えていた侍従《じじゆう》という女房を恋い慕いますが、逢瀬《おうせ》もとげられず、ついに侍従が用を足した筥を盗んで、恋心をさまそうとします。桶洗童《ひすましわらわ》といわれる女童から侍従の筥を奪った平中は、蓋を開けてみると、あにはからんや、中には丁子を煮た汁と、黒方の細工物が入っていました。平中は興ざめするどころか、かえって思いが募って、恋死してしまったという話です。

薫物の細工を思い立った侍従の才覚をほめるべきでしょうか。平中は、黒方を野老《ところ》と一緒に甘葛《あまずら》で煮て、細工物を作ったと推理しています。ともあれ、黒方の細工のしやすさが前提になったエピソードといえるでしょう。

『うつほ物語』と『枕草子』の不思議

ところで、院政期の香書である『薫集類抄』には、四季の季節と薫物の対応がはっきりと記されています。

梅花《ばいくわ》―梅花の香に擬《なずら》へるなり。春もっとも用ふべし。
（梅の花の香りになずらえたものである。春の季節にもっとも用いるべき薫物である。）

荷葉《かえふ》―荷香に擬へるなり。夏月ことに芬芳《ふんぽう》をほどこす。
（蓮《はす》の香りになぞらえたものである。夏の月の頃にとくによい香りをただよわせるものである。）

侍従―秋風蕭颯《せうさつ》として心にくきおりによそへたるべし。

（秋風がもの寂しく吹く様子で心憎い季節になぞらえられるべきものである。）

黒方—冬、凍氷《とうひょう》の時、その匂ひ深くあり。

（冬、冷え切って凍りつく頃、その香りが深く感じられる。）

『うつほ物語』をはじめ、平安文学に黒方、侍従など具体的な薫物の名が出てくることは見てきた通りです。しかし、黒方や侍従といった具体的な薫物の名があっても、それを季節によって焚きわけるという意識はなぜか希薄です。

『源氏物語』とならんで王朝文学の精華といわれる『枕草子』でも同様で、四季おりおりの薫物の具体的な名前を記すことがないのです。「春はあけぼの」の初段にはじまり、あれほど四季の美学にこだわった『枕草子』にもかかわらずです。

『枕草子』にあって、薫物は贈られる物でも、四季折々によって焚きわけられるものでもありません。良い薫物の香りがたっていること、それがその場に合っていることだけを基準に語られているのです。

「心にくきもの」の段では、斉信《ただのぶ》の中将が漂わせていた香がすばらしく、五月の梅雨時の湿り気で、いっそう香り高く、翌日まで、寄りかかっていた御簾に移り香が残ったことが賛美されています。若い女房たちは斉信の残り香に陶然としたわけですが、しかし、ここでも斉信が焚きしめていた薫物の名が明かされるわけではありません。

清少納言は、良い薫物であれば、具体的な名前を記す必要を感じていなかったからでしょう。

「似げなきもの」（似つかわしくないもの）の段では、「入り居て、そらだきものに染みたる几帳《きちやう》にうちかけたる袴《はかま》など、いみじうたづきなし」（入り込んで、空薫物で香りが染み込んでいる几帳《きちよう》に引っ掛けてある袴など、もうどうしようもない）とあります。身分の高くない男が女房の局《つぼね》に入りこんで、空薫物が染みた優美な几帳に殺風景な袴をかけたミスマッチを非難しているのです。清少納言の関心が薫物の種類や四季との調和より、薫物が香るさまざまな情景の雰囲気に向けられていることがわかります。

そして圧巻は「心ときめきするもの」（期待で胸がときめくもの）の段で、次のようにあります。

よき薫物たきてひとり臥《ふ》したる。唐鏡の少し暗き、見たる。よき男の、車とどめて、案内《あない》し問わせたる。頭洗ひ化粧《けさう》じて、香ばしうしみたる衣など着たる。ことに見る人なき所にても、心のうちは、なほいとをかし。待つ人などある夜、雨の音、風の吹きゆるがすも、ふと驚かる。

（上等な薫物をたいて、一人で横になっているの。唐鏡の少しくもっているのを見た時。

身分の高い男が、牛車を家の前でとめて、従者に取り次ぎをさせ、何かをたずねさせているの。頭を洗って、化粧をして、薫物がよくしみた衣を着ているの。特に見る人もいない場所でも、自分の心の内ではやはり趣深いもの。待つ人がある夜に、雨の音や、風の吹きゆるがす音にも、はっと目覚めるのものだ。）

ひとりオシャレの醍醐味とでもいうべきでしょうか。空薫物が香る空間を独占しながら横になる楽しみ、薫物を焚きしめた衣に袖を通す女心のときめきまでも、こちらに伝わってくるような段です。

『枕草子』では、薫物は良質であればよく、その種類が黒方か侍従か梅花かといったことは不問にふされています。モノとしての薫物より、薫物の香り、そしてそれがどのようなシーンで香ったかということで評価されているのです。

『このついで』の美学

最後に、薫物にまつわるさまざまな情景をオムニバス風に集めた平安末期の短編をご紹介しましょう。

それは『堤中納言物語』という十編の短編物語集に収められた『このついで』という一編です。そこでの薫物は、物語の場をつくり出す装置であるとともに、物語の内容にも関わる重大な契機なのです。

『このついで』は、春雨をながめている中宮のもとに、兄弟の宰相中将《さいしょう》が父親の邸から白銀の壺《つぼ》に入った薫物を、紅梅の枝につけて持参するところからはじまります。「殿」とよばれる父親からすれば、中宮のつれづれを薫物を焚くことで慰めたいという親心からなのですが、ともあれ、その贈り物に感謝し、中宮も早速、女房たちに「火取《ひとり》」（香炉）（図２－３）を持ってこさせて、薫物を試みます。

紅梅の織物を着て黒髪の見事な中宮は、『枕草子』での紅梅の衣好きであった定子中宮を連想させますし、そのサロンに足しげく通っていた兄弟の伊周《これちか》や隆家《たかいえ》も、宰相中将という登場人物の発想源かもしれません。

さて、宰相中将は薫物を焚く「火取」の連想から、思い出話をしんみりと語りはじめ、続いて二人の女房もそれぞれの体験を語ります。

その三つのエピソードは、子供を自邸へ連れていこうとした男を歌の力でとどめた妻の話、清水寺で隣あわせた厭世《えんせい》の思いが深い女性の話、東山の尼寺で美しい女性が出家をする話です。

『枕草子』で強調される明るさや笑い、栄華の世界とは異なる趣きです。『枕草子』の中宮サロンの雰囲気を彷彿《ほうふつ》とさせながら、それと異なるしめやかな情趣を織り上げてみせたというのが、『このついで』の世界なのでしょう。

それにしても、中宮に届けられた薫物が何なのか語られていないのは、なぜでしょうか。春という季節で、「東《ひむかし》の対《たい》の紅梅の下に、埋《う》ませたまひし薫物」(東の対の紅梅の木の下に、埋めていらっしゃった薫物)であり、紅梅の枝につけてあること、そして紅梅の織物の衣装をまとった中宮がいるわけです。

となれば、薫物はやはり梅花香をおいて考えられません。むしろ、そうであればこそ、それが語られないことがかえってオシャレ、と考えるべきなのかもしれません。

とはいえ、三人が語るそれぞれのエピソードにも、具体的な薫物の名前は出てきません。最初のエピソードでは、薫物を焚く火取香炉が主役で、薫物は歌の中の言葉としてだけ出てきます。

次のエピソードでは、「ものはかなげに立てたる局の、にほひをかしう」(申し訳程度に仕切った局で、薫物の香もすばらしく)とあるだけで、どんな空薫物なのか、ここでも香の正体は不明です。

最後のエピソードにいたっては、薫物も香も出てきません。『このついで』でも、薫物の種類より、それが焚かれている風情が重んじられている点では、『枕草子』の世界に近いといえるでしょう。

どうやら私たちは、四季の季節と薫物の対応について、ある種の先入観をもって考えていたのではないでしょうか。平安文学全般からみれば、薫物の種類と季節の対応

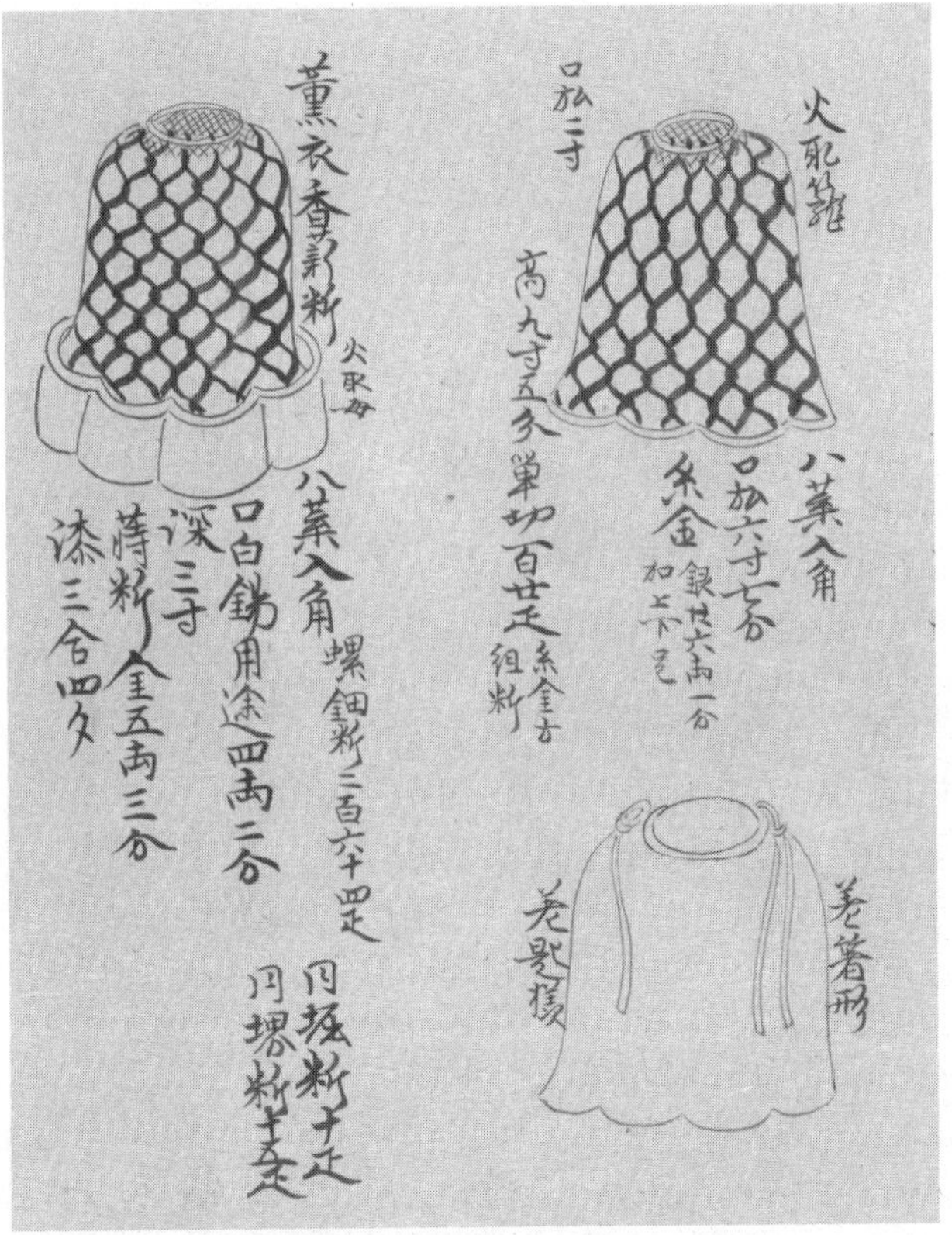

図２－３　火取香炉の籠と薫衣香用の火取香炉　『類聚雑要抄』巻四
国立国会図書館

にこだわっての記録はむしろ少ないというべきなのです。

しかし、そんな中にあって、たしかに『薫集類抄』に記されるような四季の法則があてはまる作品がないわけではありません。そして、それこそが、いままで説明を控えてきた『源氏物語』の世界なのです。次章では、『源氏物語』にみる薫物や香りの美学をたどり、この作品でなぜ四季の法則が成り立つのか、その秘密に迫ってみましょう。

第三章　『源氏物語』のフレグランス

梅枝巻の薫物合わせの世界

梅枝巻の六条院は、唐物に充たされて、その幕が開きます。なかでも薫物の原料である香料は大事な役割をしめています。巻の冒頭で、光源氏は、愛娘《まなむすめ》である明石の姫君の裳着《もぎ》と入内《じゅだい》用の薫物のために、大宰府の大弐《だいに》から献上された香料を検分します。

正月のつごもりなれば、公私のどやかなるころほひに、薫物合《たきものあ》はせたまふ。大弐の奉れる香ども御覧ずるに、なほいにしへのには劣りてやあらむと思して、二条院の御倉《みくら》開けさせたまひて、唐の物ども取り渡させたまひて、御覧じくらぶるに、「錦《にしき》、綾《あや》なども、なほ古き物こそなつかしうこまやかにはありけれ」とて、近き御しつらひのものの覆《おほ》ひ、敷物、褥《しとね》などの端どもに、故院の御世のはじめつ方、高麗人《こまうど》の奉れりける綾、緋金錦《ひごんき》どもなど、今の世の物に似ず、なほさまざま御覧じ当てつつせさせたまひて、このたびの綾、羅《うすもの》などは人々に賜はす。（梅枝）

（正月の月末なので、公私ともにのんびりした頃に、光源氏は薫物を調合なさる。大宰府の大弐が献上したいくつもの香を御覧になると、やはり昔の香には劣っていようかとお思いになって、二条院の御倉を開けさせなさって、舶来の品々を取り寄せなさって、ご比較なさると、光源氏は「錦、綾なども、やはり昔の物の方が親しみも持て上質であった」とおっしゃって、身近な調度類の、物の覆いや、敷物、褥などの縁に、故桐壺院のご治世の初めの頃に、高麗人が献上した綾や、緋金錦類など、今の世の物とは比べものにならないので、さらにあれこれとご検分になっては、適当なものを選んでお割り当てになり、今回の大弐献上の綾、羅などは、女房たちに下賜なさる。）

明石の姫君は裳着に続いて、すぐに東宮のもとへ入内の予定です。裳着の調度はそのまま入内の調度となるので、光源氏もここぞとばかり力が入るのです。

しかし、そうした品々にはあきたらず、旧邸である二条院の蔵を久方ぶりに開いて、古くから蓄えていた唐物をとり寄せます。そして、姫君の調度の敷物や褥などの縁には、いまは亡き父桐壺院の時代に高麗人から贈られた、綾や緋金錦を使うことにしたのです。

同じ舶載品といっても、大弐の献上品と高麗人の贈り物では、時間的にいえば、約三十年のタイムラグがあります。しかし、そればかりでなく、この二種類の唐物には入手ルートでも見落とせない差異がありました。大宰府交易と渤海《ぼっかい》国交易という違いなのですが、詳しくは後の章でご説明したいと思います。

ともかくも光源氏は、大弐から献上された香料と二条院の倉にあった古渡りの香料を六条院に住まう女性たちに配ります。そればかりでなく、長年、親交をあたためた前斎院《さきのさいいん》である朝顔の姫君にも、礼をとって薫物の調合の依頼をします。大宰府経由の新しい香を使うか、二条院の古渡りの香を使うか、その選択権は調香する女君達にゆだねられたのです。

やがて二月の十日過ぎ、折しも盛りの紅梅が雨に洗われ、色香をました頃、朝顔の姫君から優雅きわまりない趣向で、調合した薫物と消息がとどけられます（図3－1）。

沈の箱に、瑠璃《るり》の坏《つき》二つ据ゑて、大きにまろがしつつ入れたまへり。心葉《こころば》、紺瑠璃には五葉の枝、白きには梅を彫《ゑ》りて、同じくひき結びたる糸のさまも、なよびかになまめかしうぞしたまへる。（梅枝）

（沈の箱に、瑠璃の杯《つき》を二つ置いて、薫物を大きく丸めてお入れになってある。心葉は、紺瑠璃の方には五葉の松の枝を、白い方には梅を彫って、同じように結んである糸の様子も、女らしく優美な感じにお作りになってある。）

舶来の沈香で作られた箱だけでも貴重な上に、中には得がたい輸入品である青色と白色の目のさめるような瑠璃、すなわちガラスの杯が据えられていたというのは、何という贅沢《ぜいたく》でしょうか。舶来の香をふんだんに送りとどけた光源氏に応えて、朝顔の姫君もまた舶来品を惜しまないのです。そして、その美しい紺瑠璃の杯には黒方香が、白瑠璃の杯には梅花香が入れられていました。

朝顔の贈り物の趣向は、来あわせていた光源氏の弟の蛍兵部卿宮《ほたるひょうぶきょうのみや》の目を奪い、唸《うな》らせます。そこで光源氏は蛍宮を判者（判定者）として、にわかに薫物比べを催していきます。「誰にか見せん」（あなた以外の誰にお見せしましょうか）と、『古今集』の歌を引きながら、たくみに蛍宮の優越感をくすぐり、薫物の出来ばえを知りたいと思う蛍宮の欲望を煽《あお》っていくのです。

光源氏は、自身で調香し、六条院の遣り水近くに埋めておいた二種の薫物を取り寄せます。光源氏が調香したのは、「承和《そうわ》の御いましめの二つの方」とよばれ、合香の名手である仁明天皇がそのレシピを考案したという黒方香と侍従香でした。

語り手が「いかでか御耳には伝へたまひけん」（どうしてお耳に入ったのか）というように、そもそも男子には相承《そうしょう》されることなどあり得ない、秘伝中の秘伝なのでした。

男子には伝承を禁じたはずの承和《じょうわ》の秘方、調香でもっとも格式の高い秘伝のレシピ

図3－1　朝顔から届いた薫物を見る光源氏と蛍宮　「源氏物語団扇画帖」梅枝　国文学研究資料館

を、光源氏はなぜか知悉《ちしつ》しています。その秘伝を使うことによって、薫物を、ひいてはそれを所有する明石の姫君を権威づけたいという父親の思いがうかがわれます。さらにいえば、仁明天皇に自身をなぞらえたいという光源氏の欲望さえも、そこにすき見えるかもしれません。

一方、明石の姫君の養母である紫の上も負けてはいません。光源氏に対抗して、「八条の式部卿の御方」をまねて、黒方香と侍従香、そして六条院の春の町の女主人にふさわしく梅花香、と三種類もの薫物を提出しました。

じつは光源氏が依頼したのは薫物を二種類ということだったのですが、あえて三種類も調合したのは、実母である明石の君を意識して、養母として明石の姫君を育てあげた存在感を示したかったからでした。

そして、紫の上が「八条の式部卿の御方」（八条宮本康親王）のレシピをまねたというのも、意味深長です。その理由の一つは、紫の上の父が式部卿宮であるからでしょうが、それにとどまりません。紫の上は光源氏の期待にこたえ、また姫君や自身を箔《はく》づけるためにも、こうした由緒来歴のある合香のレシピを選んだのでしょう。

さて、紫の上が気合いをいれて合香したものと比較すると、夏の町の女主人である花散里《はなちるさと》は、その人柄さながらに、いたって控えめです。光源氏の宿題は薫物を二種類作ることだったのですが、夏の薫物ということで、蓮の花の匂いになぞらえられる荷《か》葉《よう》香を一種類だけ調合したのです。

一方、明石の姫君の実母である明石の君は、冬の薫物ではありきたりになってしまうので、薫衣《くぬえ》香《こう》を一種類だけ調香します。これも一見すると控えめのようですが、しかし紫の上に負けず劣らず気迫のこもった合香でした。

それは、「前の朱《す》雀《ざく》院」（宇多天皇）のレシピを今の朱雀院（宇多の孫の朱雀天皇と物語の朱雀院が一体化）が受け継ぎ、それに合香の名手である源公忠《きんただ》が工夫をくわえたという、いわくつきの格調の高い薫衣香だったのです。薫衣香は、前章でもふれたように唐直輸入の古いタイプの薫物から発達したもので、唐物のまとわりつく女君である明石の君にふさわしいともいえます。

そこで紫の上、明石の君が依拠した合香のレシピがどんなものであったか、『源氏物語』の成立よりほぼ百年ほど下りますが、『薫集類抄』から紹介しておきます。

梅花香（八条宮）

沈八両二分　占唐一分三朱　甲香三両二分　甘松一分　白檀二分三朱　丁子二両三分　麝香二分　薫陸一分

薫衣香（公忠朝臣）

沈三両　丁子五両　鬱《う》金《こん》二両　甘松二両　白檀二両　香附子一両　麝香一両或

藿香《くわくかう》一両

薫物の種類だけでなく、由緒来歴のある調合にこだわるというのも、他作品にはない『源氏物語』らしい特色として注目しておいてよいでしょう。

蛍宮の八方美人ぶり

こうして朝顔からは黒方と梅花、光源氏からは黒方と侍従、紫の上からは黒方と梅花と侍従、花散里からは荷葉、明石の君からは薫衣香が届けられたわけですが、判者となった蛍兵部卿宮は、どんな判定を下したでしょうか。

さらにいづれともなき中に、斎院の御黒方、さいへども、心にくく静やかなる匂ひことなり。侍従は、大臣の御は、すぐれてなまめかしうなつかしき香なりと定めたまふ。対の上の御は、三種ある中に、梅花はなやかにいまめかしう、すこしはやき心しらひを添へて、めづらしき薫り加はれり。「このごろの風にたぐへんには、さらにこれにまさる匂ひあらじ」とめでたまふ。（梅枝）

（まったくどれとも言えない香の中で、斎院の御黒方が、そうは言っても、奥ゆかしく落ち着いた匂いが格別である。侍従の香は、光源氏の大臣の御香は、たいそう優美でやさしい香りである、とご判定なさる。対の上（紫の上）の御香は、三種ある中で、梅花の香が、はなやかで当世風で、少し鋭く匂い立つように工夫を加えて、珍しい香りが加わっていた。蛍宮は「今頃の風に薫らせるには、まったくこれに優る匂いはありますまい」と賞美なさる。）

黒方は朝顔の姫君、侍従は光源氏、梅花は紫の上が素晴らしいと、蛍宮はそれぞれ三人の顔を立てるような判定をくだしています。そして、花散里の荷葉香や明石の君の薫衣香もそれぞれの人柄がしのばれて優劣つけがたいというのです。

その八方美人ぶりに、光源氏は「心ぎたなき判者なめり」（卑怯《ひきょう》な判者ですね）と苦笑します。しかし、蛍宮が光源氏のもとに集まった薫物にケチをつけたら、それはそれでおもしろくはなかったでしょう。

そもそも蛍宮は、『源氏物語』では芸道文化の鑑識者として名を馳《は》せる人でした。光源氏の期待にこたえる蛍宮の薫物評は、六条院世界のあらまほしき現在を証言するものとして位置するのでしょう。それはそれで、いかにも自然な成り行きですが、蛍宮がかつて玉鬘《たまかずら》の熱烈な求婚者であったことにも注目しておきたいと思います。

光源氏は、六条院世界に玉鬘を養女として迎え入れますが、その結果たくさんの求婚者たちがあらわれ、玉の台《うてな》にたとえられた六条院はいやがうえにも華やぎます。玉鬘を軸にして懸想人《けそうびと》たちを群がらせ、栄華を誇示した六条院でしたが、やがて玉鬘は髭黒《ひげくろ》の妻となり、六条院を去っていきました。

梅枝巻の六条院の課題は、蛍宮をふくめて離れかけた男性たちの心をどのようにつなぎとめるかという点にあったのです。光源氏の膝下には、東宮に入内間近の明石の姫君をのぞけば、持ち駒となる娘も養女ももはや存在しません。となると、明石の姫君の入内そのものを切り札にして、六条院世界の卓越を内外に示していくほかないのです。そして、薫物合わせにおいて、それは見事に成功したわけです。

明石の姫君をめぐって、養母の紫の上と実母の明石の君のひそかな挑み合いも、薫物合わせの趣向にとりこめられて、どちらの合香も優劣をつけられることなく、六条院世界の再生に奉仕させられています。

薫物合わせは、やがて月下の宴遊の場面に転じていきます。光源氏と蛍宮に加えて、裳着の準備のために集まっていた夕霧そして内大臣（旧頭中将）家の子息達、柏木と弁少将が管弦の遊びにうち興じ、催馬楽《さいばら》「梅が枝」を謡います。そして宴が終わった後、光源氏は帰っていく蛍宮に、薫物の壺二つと直衣《のうし》という衣装を贈るのです（図3－2）。

玉鬘の求婚者として六条院に集った日々とは訣別《けつべつ》しても、彼らはこの邸になおも心惹《ひ》かれて集まりつづけます。薫物合わせやつづく宴遊をよすがに、人々は担い手や享

図3－2　蛍宮と薫物の壺二つ　土佐光吉「源氏物語手鑑」梅ヶ枝
久保惣記念美術館

受者として組みこまれ、離れかけた関係がより強固に結び直されていくわけです。

薫物と四季の美意識

薫物と四季の関係に話をもどしますと、梅枝巻の薫物合わせでは、紫の上や花散里の造型にかかわる形で、梅花香が春、荷葉香が夏の薫物として、その存在感を示していました。入内の香壺の箱には、さらに秋の香として、光源氏が合香した侍従香、冬の香として朝顔の黒方香、そして、明石の君の無季の薫衣香が入ることで、バランスが保たれるわけです。

『源氏物語』で、薫物と四季との

関係がはっきりと認められるのは、賢木巻の藤壺出家の名場面にさかのぼります。

風、はげしう吹きふぶきて、御簾の内の匂ひ、いともの深き黒方にしみて、名香《みやうがう》の煙もほのかなり。大将の御匂ひさへ薫りあひ、めでたく、極楽思ひやらるる夜のさまなり。（賢木）

（風、激しく吹き吹雪いて、御簾の内の匂い、たいそう奥ゆかしい黒方に染み込んで、名香の煙もほのかである。大将の御匂いまで薫り合って、素晴らしく、極楽浄土が思いやられる今夜の様子である。）

藤壺は、故桐壺院の一周忌に法華八講を催し、その最終日に突然、出家してしまいます（図3－3）。光源氏からの道ならぬ思慕からのがれ、わが子東宮の御代を安泰とするためには、そうするしかないと判断したわけです。出家を止められず、悲痛な思いをかかえた光源氏は藤壺の御簾の前にたたずみ、その理由を尋ねます。

その時、藤壺の御簾の内からは、冬の季節にふさわしい黒方の香りが、趣深くただよい、それに仏前に供えた名香の煙もほのかにまじり、さらに光源氏の衣香の追風までも混じりあいます。光源氏の激しい動揺と苦悶《くもん》をよそに、三つの匂いがまじりあう効果は、外からすれば、極楽浄土もかくやと思わせるものでした。

図3－3　藤壺の出家（右上）「盛安本源氏物語絵巻」賢木巻　メトロポリタン美術館

この極楽を思わせるような奥ゆかしい匂いの空間の中心をなすのは、三種の香のうち、やはり黒方の空薫物《そらだきもの》でしょうか。黒方香は、『薫集類抄』で、「冬、凍氷の時、その匂ひ深くあり」（冬、冷え切って凍りつく頃、その香りが深く感じられる）といわれています。

鎌倉末期の『後伏見院宸翰薫物方《ごふしみのいんしんかんたきものほう》』（鎌倉末期）でも、「冬深くさえたるに、浅からぬ気をふくめるにより、四季にわたりて身にしむ色のなつかしき匂ひかねたり」（冬に深く冴《さ》えて、浅くない気配をふくんだ香りなので、四季にわたって身にしむようななつかしい匂いも兼ねている）といわれるような、なつかしい香りで、光源氏の記憶の中に永遠にとどまることになったのです。

そもそも藤壺は光源氏と対座した場面では、「なつかし」といわれることが多い女君です。「なつかし」の辞書的な意味は、「対象に強くひかれる心情、また、魅力を感じて離れがたく、そば近くにいたいと思う心情をもつさま」ですが、こうした魅力をもつ藤壺の側でくゆらせる薫物としては、まさに黒方がふさわしいといえるでしょう。

鈴虫巻の持仏開眼供養

ところで、光源氏が後に藤壺出家の場面を思い出し、その御座所の再来となるような世界を作りだそうとしたのが、鈴虫巻で、夏の盛りの季節に催された女三の宮の持仏開眼供養です。

名香には唐の百歩《ひやくぶ》の衣香《えかう》を焚《た》きたまへり。阿弥陀《あみだ》仏、脇士《けふじ》の菩薩《ぼさつ》、おのおの白檀して造りたてまつりたる、こまかにうつくしげなり。閼伽《あか》の具は、例のきはやかに小さくて、青き、白き、紫の蓮《はちす》をととのへて、荷葉の方を合はせたる名香、蜜をかくしほほろげて焚き匂はしたる、ひとつかをり匂ひあひていとなつかし。

（鈴虫）

（名香には、唐の百歩の衣香を焚いていらっしゃる。阿弥陀仏、脇士の菩薩、それぞれ白檀でお造り申してあるのが、繊細で美しい感じである。閼伽の道具は、例によって、際立って小さくて、青色、白色、紫の蓮の色を揃《そろ》えて、荷葉香を調合したお香は、蜜を控えてぼろぼろに崩して、焚き匂わしているのが、一緒に匂って、とても優しい感じがする。）

ここでも、仏前の名香には「唐の百歩の衣香」を焚き、閼伽《あか》の道具の前では、荷葉香を焚いています。供香は、唐物がまとわりつく女三の宮にふさわしく、唐の調合法により百歩先まで匂うようにした薫衣香を焚き、格調の高さを演出します。一方、荷葉は夏の季節であることや、献花である蓮の花の縁からも似つかわしく、しかも蜜を少なくして、よく匂うように工夫したものでした。そして二種の香りが混じりあって、「なつかし」い雰囲気をかもし出しています。

つまり鈴虫巻の持仏開眼供養の空間は、光源氏にとっては「なつかし」き女君である藤壺の御座所を六条院流に、より豪華に再現するものでした。藤壺の姪《めい》でありながら、「紫のゆかり」になりそこねた女三の宮が、出家後はせめて藤壺に一歩でも近づけるよう、光源氏がひそかな願いをこめた仏事でもあったのです（図3－4）。

ところが母屋の飾りつけも終わり、いよいよセレモニーが始まるということで、光源氏が女三の宮のいる西廂《にしびさし》の間をのぞいてみると、とんでもない光景が目に飛びこんできます。西廂の手狭な仮の御座所に、なんと五、六十人ほどの女房が仰々しく着飾り、窮屈そうに陣取っています。

さらに、そこに入れない女童は、北の廂の間の簀子《すのこ》までうろうろする始末。西廂の間の空薫物も、母屋のように奥ゆかしく焚くべきなのに、香炉をたくさん持ち出して、あたり一面、煙たいほどに焚き上げています。

つい先ほど母屋に理想的な香りの空間を作りあげたのに、西廂のこの過剰な香が母屋にただよえば、すべてはぶち壊しです。唐物の香木をふんだんに使う薫物をこれみよがしに焚き上げるのは、まさに優美さに欠ける行為にほかならないわけです。

光源氏は慌てて、空薫物はどこで焚いているのか分からないくらいなのがよいのだからと、皮肉をふくんだ富士山の噴煙のたとえを交えて、女房たちを教え諭します。

また遠慮のない衣ずれの音によって、法会《ほうえ》の説法の雰囲気が損なわれないように、北の廂の間を臨時の聴聞の場として、人員整理をおこないます。

匂いと音という嗅覚・聴覚の両面から、ほころびかけた持仏開眼供養の空間の手直しに努めるのです。

かつて藤壺の出家後の御座所が、衣ずれの音もしめやかで奥ゆかしかったように、せめて外からの聴聞客には、その再来であるかのような、奥ゆかしい姪(「紫のゆかり」)の御座所として取りつくろおうとするのです。

図３－４　鈴虫巻の持仏開眼供養『絵入源氏物語』鈴虫　国文学研究資料館

香りがまじりあう効果

鈴虫巻の持仏開眼供養の場面は、匂いの空間について、二つの教訓を示しているのではないでしょうか。複数の香がまじりあう時、それは理想的に混じれば、まさに極楽浄土を思わせるような「なつかしき」空間になるということ。しかし、そこに過剰な香が交じれば、匂いの複合する効果も台無しになってしまうということです。

もっとも香がまじりあう効果については、『源氏物語』に先行する例がないわけではありません。前章でも見たように、『うつほ物語』では、犬宮の七日の産養《うぶやしない》の前日に、沈香や薫物が盛大に焚かれていました。麝香・裛衣《えい》・丁子など細かく砕き、あたかも薬玉のようにして、御簾にかけた上に、御帳台の四隅で合わせ薫物を、廂の間では沈香や合わせ薫物を焚くといった具合に、匂いのハーモニーが試みられていました。

また蔵開中巻では、仲忠が、帝の前で先祖の詩集を講じるという晴れ舞台にそなえて、衣服一枚ごとに麝香・薫物・薫衣香と三種の香をたきしめ、身につけたという場面があります。

しかし、匂いの相乗効果をねらったにせよ、『源氏物語』の美学からすれば、『うつほ物語』の世界は仰々しすぎて、過剰な香というべきかもしれません。香がまじりあう効果は、ある程度抑制され、洗練されてこそ、「なつかしし」の美学をかもし出すからです。

複合する香ではありませんが、『源氏物語』で過剰な香が非難の対象となった例が、花宴巻と常夏巻にあります。花宴巻では、右大臣邸で空薫物が煙たいくらいに焚かれ、奥ゆかしさに欠けると、光源氏の視点から批判的に捉えられています。

また、常夏巻では、内大臣家の劣り腹で田舎育ちの近江君《おうみのきみ》が、姉である弘徽殿女御《こきでんのにょうご》と対面を許され、有頂天になって、甘ったるい薫物の香を衣にくどいくらい焚きしめる姿が戯画的に語られています。

二つの巻の例は、この物語で匂いの「品格」がどのように考えられていたかを伝えるものでしょう。『源氏物語』では、こうした過剰な香を奥ゆかしさに欠けるものと否定し、戒めているのです。

折の美意識にそった薫物を選択すること、調香するならば由緒来歴のあるレシピを選ぶこと、そして唐風な香でさえも組み合わせて、「なつかし」い雰囲気をかもし出すこと、これこそが『源氏物語』のフレグランスの美学の真骨頂ではないでしょうか。

＊

次章では『源氏物語』をはじめとする王朝の香りの世界から、それを支えた香料など唐物の種類と大宰府交易について、話題を転じてご説明しましょう。

第四章　王朝の交易ルート

国風文化の実像

この章では大宰府と交易の関係について述べていきますが、その前に国風文化とよばれるこの時代の実像と、交易で扱われる唐物の種類について明らかにしておきましょう。

平安時代の文化というと、学校の授業で、唐風文化から国風文化へ移行したと習ったのではないでしょうか。平安時代の初期は唐風文化が優勢であったのが、寛平《かんぴょう》六年（八九四）の遣唐使廃止から、唐の文物の影響も薄れたことにより、国風文化に推移したと説明されてきました。

しかし、国風文化は、本当に遣唐使が廃止されて、鎖国のような状態となって隆盛した文化なのでしょうか。唐物に注目すると、国風文化の時代の別の側面が見えてきます。

そもそも国風文化の前提となる遣唐使問題は、廃止というより、菅原道真の建議により中止されたまま再開することがなかったというのが、正確なところです。宇多朝以降、遣唐使のような正式な朝貢使《ちょうこうし》に頼らなくとも、大陸からのモノ・人・情報の流入は確保されていたので、朝貢を停止したままにできたのです。遣唐使中止が原因で、唐風文化から国風文化へ転換したといった単純な因果関係にあるわけではないのです。

そして、そのモノ・人・情報の交流を支えたのが、東アジア世界をつなぐ交易圏でした。国風文化とは、鎖国のような文化環境で花開いたものではなく、唐の文物なしでは成り立たない、ある意味では国際色豊かな文化だったのです。

『古今集』の勅撰《ちょくせん》の宣旨を発し、国風文化の始祖のようにいわれる醍醐天皇にしても、舶来品を使って、唐物御覧《からものごらん》(天皇が唐物を検閲し、また臣下に分配する儀式)というシステムを確立し、皇威のデモンストレーションの場としました。

その父の宇多天皇も、譲位後も舶来品を蓄えていました。承平《しょうへい》元年(九三一)、御《お》室《むろ》から仁和寺《にんなじ》宝蔵に移した御物には、唐・渤海《ぼっかい》・新羅《しらぎ》からの舶来品が多量に含まれていたそうです。

平安京という都市に富が集中すればするほど、唐物といった贅沢《ぜいたく》品への欲望が日ましに高まることは必然だったのではないでしょうか。

国風文化の時代とは、唐物という舶来ブランド品を享受する環境から育まれた、平安の都市文化なのです。

唐物の品目について

次に交易で扱われる唐物の種類について、より詳しく見ていきましょう。それらを知りたい時によく参照されるのは、やや時代は下りますが、藤原明衡《あきひら》の『新猿楽記《しんさるがくき》』です。そこでは日宋《にっそう》交易の商人である「八郎真人《はちろうのまさと》」が扱った唐物として、五十三にもおよぶ品目が挙がっています。

沈《ぢん》・麝香《じやかう》・衣比《えひ》・丁子《ちやうじ》・甘松《かんしよう》・薫陸《くんろく》・青木《しようもく》・竜脳《りゆうなう》・牛頭《ごづ》・雞舌《けいぜつ》・白檀《びやくだん》・赤木《あかぎ》・紫《し》檀《たん》・蘇芳《すはう》・陶砂《たうさ》・紅雪《こうせつ》・紫雪《しせつ》・金益丹《きんえきたん》・銀益丹《ぎんえきたん》・紫金膏《しこんかう》・巴豆《はづ》・雄黄《おおう》・可梨勒《かりろく》・檳榔子《びんらうじ》・銅黄《どおう》・緑青《ろくしよう》・燕脂《えんじ》・空青《くしよう》・丹《たん》・朱砂《しゆしや》・胡粉《ごふん》・豹虎皮《ひようとらのかわ》・藤茶碗《とうちやわん》・籠子《ろうじ》・犀《さいの》生角《いきつの》・水牛如意《すいぎうのによい》・瑪瑙帯《めのうのおび》・瑠璃壺《るりのつぼ》・綾《あや》・錦《にしき》・羅《うすもの》・縠《こく》・緋《ひ》の襟《きん》・象眼《ざうがん》・繧繝《うんげん》・高麗《かうらい》軟錦《ぜんきん》・浮線綾《ふせんりやう》・呉竹《ごちく》・甘竹《かんちく》・吹玉《ふきだま》等なり。

これらを分類すると沈香より雞舌までの十種類が前章で扱った香料（香薬）類、白檀・赤木・紫檀が貴木、蘇芳が染料、陶砂は陶土、紅雪から檳榔子までの九種類は薬品ということになります。

このうち雄黄は砒素《ひそ》の硫化物、可梨勒は下剤として貴族社会で盛んに服用されました。「吉備大臣入唐絵巻《きびのだいじんにっとうえまき》」にも、吉備真備《きびのまきび》が唐の役人に可梨勒を飲まされた場面が描かれているほどです。

続いて銅黄以下、胡粉まで七種類は顔料です。これらの品々は、宋で生産されたものばかりでなく、南海からもたらされた品々も多くふくまれます。海商とよばれる交易商人が、幅広い産地の唐物を扱っていたことは明らかです。

『新猿楽記』は、十一世紀なかばの成立とされますが、唐物の内容については九世紀以降、大きな変化はなかったようです。これ以外にも、書籍や鸚鵡《おうむ》・孔雀《くじゃく》・鴿《はと》・白鵝《はくが》（がちょう）・羊・水牛・唐犬・唐猫・唐馬などの鳥獣類、唐紙・唐硯・唐墨などの文房具類がもたらされたことが知られています。

やはり、やや時代は下りますが、宋の国に赴いた僧の成尋《じょうじん》が著した『参天台五台山記《さんてんだいごだいざんき》』という書物があります。その延久《えんきゅう》四年（一〇七二）十月十五日条では、宋の神宗皇帝から、日本では宋のどんな品物を求めるかと書状で尋ねられて、成尋は「香・薬・茶垸《ちゃかん》（碗）・錦・蘇芳等」と答えています。

神宗は、いまでいえば、マーケット・リサーチをしたわけですね。ともあれ、唐物のなかで、何が日本でブランド品として持てはやされ、垂涎《すいぜん》の的であったかをうかがわせる格好の資料です。

もっとも「唐物」の語の文献上の初出は、承和六年（八三九）の遣唐使の時であり、また「唐物使《からもののつかい》」（大宰府に唐物を買いつけにいく役人）の開始が、貞観《じょうがん》五年（八六三）

といわれます。つまり「唐物」とは、最初は朝廷が舶来品を独占したり、先買権を行使する場で使用された語ともいえます。

そして王権支配、あるいは王権優位というイメージをかきたてる「唐物」という言い方が、やがて舶来品の通称となり、『新猿楽記』の時代はもとより、室町期まで残ったのです。「唐物」というレッテルは、王権優位の象徴から、外来の贅沢財としての優位、いわばブランド品の象徴に転じたといえるでしょう。

大宰府交易とは

次に大宰府を舞台とした交易の実態をふり返ってみましょう。

唐船が博多湾周辺に到着すると、大宰府はその報告を朝廷にし、日本での滞在を許可するか否かの伺いをたてます。朝廷から許可されると、海商とよばれる交易商人をはじめとする乗員は、大宰府の出先機関であり、博多にある鴻臚館《こうろかん》に迎えられました（図４－１）。

朝廷からは、はじめは右大弁、後には蔵人所《くろうどどころ》の官人から唐物使が任命され、大宰府に派遣されます。そして唐物使が、朝廷の必需品をまずは買いつけるという、いわゆる先買権を掌握した形での交易が進められました。

延喜《えんぎ》三年（九〇三）、太政官が出した禁制によると、唐船が到着した際、「諸院諸宮諸王臣家」、つまり都に住む皇族や貴族層が争って使者を出して、「遠物《えんぶつ》」（交易品として積んできた唐物）を買い漁るので、その値段が釣り上がり、朝廷が先買権を行使して適当な価で貨物を購入できないとして、皇族や貴族や社寺の諸使が、関を越えて私的に唐物を買うことを禁止しています。

ところが、延喜七年（九〇七）に唐がついに滅亡し、それにともない醍醐朝は政策を転換しはじめます。延喜九年（九〇九）には、蔵人所から派遣されていた唐物使を廃止して、必要品のリストを大宰府に送り、買い上げさせるという経費節約の方式がとられるようになります。

また、延喜十一年（九一一）からは外商の来航を三年に一度に規制し、鴻臚館で賓客としてもてなす費用も節減しようとしました。その後、延喜十九年（九一九）に、唐物使は復活したものの、その後は在廃をくり返して、十二世紀にはまったく廃止されてしまいます。

その結果、なにが変化したかといえば、朝廷の交易に占める大宰府の重みがましたことです。大宰府の官人たちは、交易に直接かかわり、特に延喜以降、海外の珍品を入手する利権を一身に享受することになります。

紙・香・布をはじめ、貴族生活の優雅さに不可欠であった舶来品は、大宰府と直結し、博多の鴻臚館は、対外交渉の場というより交易所として繁栄をきわめたのです。

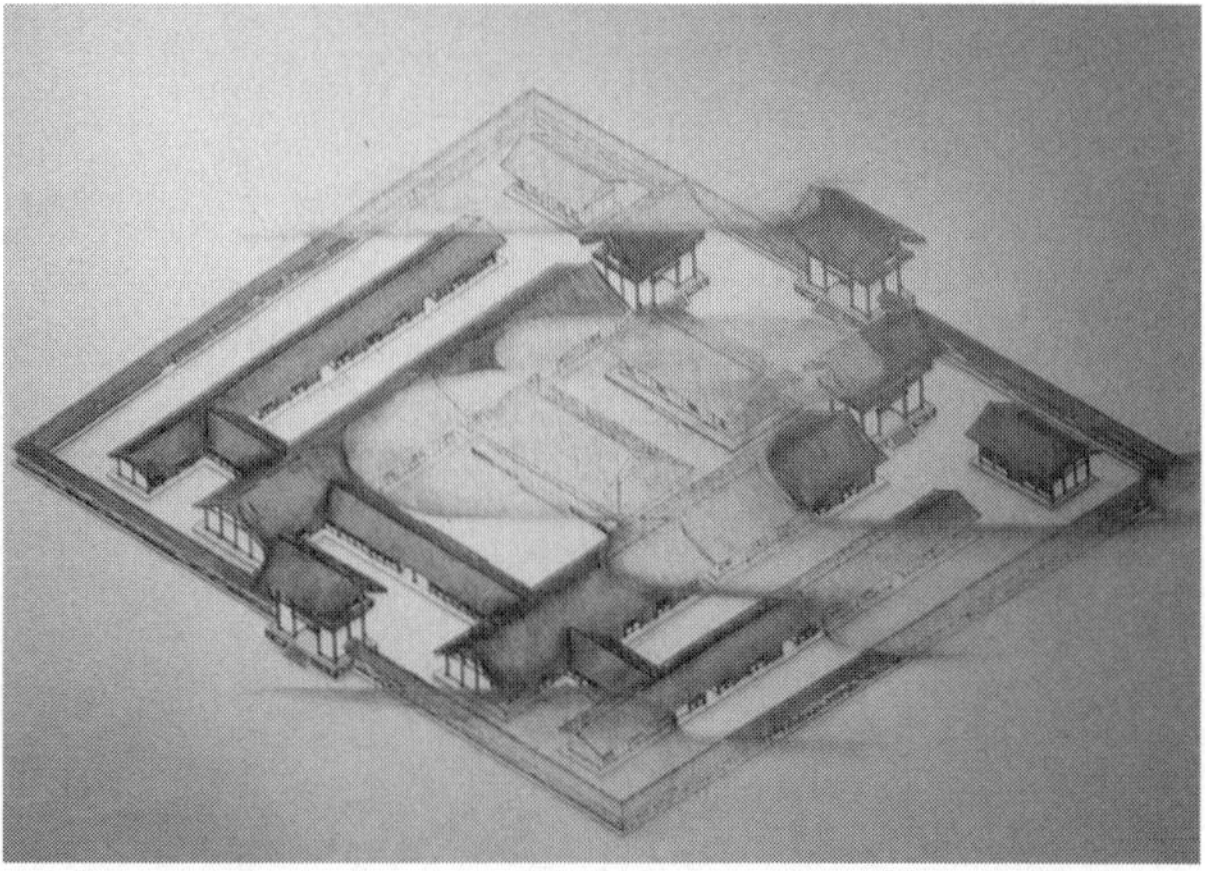

図4－1　博多の鴻臚館の想像復元図（鴻臚館跡展示館）　著者撮影

そこから大宰府の高官たちの不正行為も発生することになります。場合によっては、大臣家の方から、むしろ自分たちの息のかかった貴族や家司《けいし》クラスを大宰府の役人に任命して、良質の唐物を確保するようになります。大宰府の高官と権力者のこうした癒着関係が、朝廷主導の対外交易からの質的転換にさらに拍車をかけたのです。

大宰府の高官たち

ここで大宰府について少し詳しく説明しておきますと、大宰府は「遠《とほ》の朝廷《みかど》」「西海の小朝廷」といわれ、令の規定に拠《よ》り、筑前《ちくぜん》国に置かれました。九国二島《きゅうこくにとう》を管轄するほか、古くから朝廷の出先機関として、天皇の対外権を代行する政治的軍事的な要所でした。

古代の日本から国際社会に向けて、まさに出入り口の役割をはたしていたわけです(図4－2)。

ところで大宰府の長官である帥《そち》は、承和年間(八三四―八四八)から在京の親王が任じられ、大宰府に下向することはありませんでした。一種の名誉職です。

帥宮《そちのみや》とよばれた親王といえば、和泉式部の恋人で、冷泉《れいぜい》天皇の第四皇子であった敦《あつ》道《みち》親王が名高いでしょうか。『和泉式部日記』にその恋の駆け引きの顚末《てんまつ》が語られた

図４－２　大宰府政庁跡　上野百恵氏撮影

のも、敦道親王が任地の大宰府に下らず、京の宮邸にいられたからこそでした。

長官の帥が親王の一種の名誉職であったわけですから、権帥《ごんのそち》か、次官である大《だい》弐《に》が実質的な長官として下向し、管内行政の任務に当たったわけです。権帥は、菅原道真や中宮定子の兄の藤原伊周《これちか》が有名なように、時には左遷（実際は流罪）のポストとしても使われました。

平安の当時、国守に任命されても、なかなか任国に下らなかった例は多かったそうですが、権帥や大弐は、任命後はすぐに赴任するのが、十二世紀初頭までの原則であったそうです。それは、権帥や大弐が外交や交易の管理権にかかわる、じつに重要なポストであったことに関わっています。

権帥は中納言クラスで、大弐は参議クラスで任命されることが多かったようです。大弐や参議のポストについては、『枕草子』の「位こそなほめでたきものはあれ」の段の次のくだりが参考になります。

あまた国に行き、大弐や四位《しゐ》、三位などになりぬれば、上達部《かむだちめ》などもやむごとながりたまふめり。

(受領として多くの任国に下り、大宰大弐や四位や三位にまで出世すれば、上達部たちも重々しく扱われるようである。)

つまり大弐は、過去に何度も受領となり、任国に下った果てにようやく手にする垂涎《すいぜん》のポストで、上達部も一目置くほどでした。その地位に就くと利権も大きいので、歓迎されたポストであるわけですが、ただし交易にまつわる不正行為により更迭されたり、宇佐八幡宮《うさはちまんぐう》をはじめ九州の在地の有力な社寺と衝突して、任を全うできない場合も多かったといいます。

『枕草子』ばかりか、王朝文学には大宰府の役人たちが点描されています。『うつほ物語』では、あて宮に求婚する滋野真菅《しげのますげ》が大宰大弐でした。真菅は、年齢も六十歳くらいの老人ですから、『枕草子』に出てくるような、苦労の末にようやく大弐のポストを得たというイメージです。

『源氏物語』の五節と末摘花

『源氏物語』に目を転じますと、物語の最初に登場し、また最も有名な大弐としては、光源氏がほのかな思いを交わしあった五節《ごせち》の舞姫の父がいます。五節の舞姫とは、十一月半ばの新嘗祭《にいなめさい》や大嘗祭《だいじょうさい》に行われた少女舞の見目麗しい舞姫のことで、二人を公卿《くぎょう》の家、残りの二人を国守の家から出すことになっていました。「五節」とよばれるこの女性はおそらく後者の例で、国守の娘として選ばれた後に、父が大弐になったのではないでしょうか。

須磨巻では、この大弐が一族を挙げて大宰府から都に帰還する時の豪勢な様子が描かれています。娘たちをはじめ親戚や従者が多いので、大弐の北の方は船路をとり、船上にいる五節と光源氏の哀切な贈答が交わされるのです。

二番目の大弐の登場は、あの末摘花にかかわってのことです。光源氏が須磨に蟄居《ちっきょ》し、また都に戻っても忘れ去られたまま、末摘花邸は困窮を極めていきます。

性悪《しょうわる》な末摘花の母方の叔母は、そこにつけこみ、受領であった夫が大弐に出世した機会に、末摘花を娘たちの後見役にして筑紫《つくし》に連れ去ろうとします。末摘花の叔母の夫も、『枕草子』に語られるように、受領を歴任した後に大弐というポストに登りつめた典型といえるでしょう。この叔母は、末摘花の母北の方の妹に当たるのですが、母北の方がその結婚を見下していたのを逆恨みして、うっぷんを晴らそうとするのです。

しかし末摘花は、父常陸宮《ひたちのみや》の遺風を守って頑として聞き入れず、叔母は諦めて、末摘花の乳母子《めのとご》の侍従だけを連れて筑紫に下ることにします。末摘花の落胆も深いのですが、多少なりとも教養も常識もあるまっとうな女性として描かれている侍従や他の女房達が、末摘花に筑紫行きを勧めたのには、それなりの理由があったはずです。その一つが大宰大弐というポストの羽振りの良さへの魅力でしょう。末摘花邸には父常陸宮が存命の折に集めたとおぼしき唐物が残っていました。

乳母子の侍従が筑紫の大宰府へ下ることに同意するのも、大弐の甥《おい》とのつながりもありますが、想像を逞《たくま》しくすれば、なまじ往時の唐物に囲まれていただけに、新しい舶来ブランド品に囲まれた暮らしに憧れてのことではないか、とも考えられます。

玉鬘物語と大宰府

『源氏物語』の三番目の大弐のエピソードもそれを裏づけるものかもしれません。

筑紫に下っていた夕顔の遺児の玉鬘は上京し、長谷寺参詣のために泊まった椿市《つばいち》で、かつて夕顔に仕えていた女房の右近に再会します。右近は、いまは光源氏に仕えており、玉鬘を探しあぐねて、ここ何年か長谷寺参詣をくり返していたのでした。玉鬘一行と右近は、これぞ観音の霊験と感激します。ところが、一緒に長谷寺の仏の前で祈りを捧《ささ》げる時に、玉鬘に仕える三条という女房が、玉鬘が将来、大弐の北の方になるか、それが叶わないのならば、せめてこの国（山城国）の国守の北の方になってほしいと祈ります。右近は、その祈りを聞き過ごせず、玉鬘は今を時めく内大臣を父に持つのに、その将来が受領の妻ふぜいとは縁起でもないと咎《とが》めました。

するとと三条は、筑紫でみた大弐の北の方が観世音寺《かんぜおんじ》に参詣した時の威勢は、大臣はおろか帝の行幸にも劣らなかったと胸を張り、右近を呆れさせるのです（図4－3）。三条の田舎ぼけを割り引いても、大弐がいかにかの地で権勢をふるい、舶来の富に囲まれた生活により、垂涎の的のポストであったかを印象づける言葉ではありませんか。しかも、筆者の勝手な憶測をめぐらせれば、この三条の語る大弐の北の方が、末摘花の叔母である可能性は低いにしても、まったくないとも言い切れないのです。

ところで、大弐ではないのですが、同じ玉鬘巻には、玉鬘の求婚者として無骨者の大夫監《たいふのげん》なる人物も登場します。彼は、肥後国に一族を広くもつ土着の豪族として紹介されますが、大宰府での唐物交易に直接に関わりうる立場にあったといえます。「監」という官職は、地元で任命される大宰府の三等官であり、さらに「大夫」がつくのは、監のなかでも、従五位に叙せられたという、いわば実力者です。その大夫監が、玉鬘への求婚の手紙を送るに際して、唐物を代表する「唐の色紙」や「からばしき香」を使っています。

手などきたなげなう書きて、唐の色紙からばしき香に入れしめつつ、をかしく書きたりと思ひたる、言葉ぞいとたみたりける。（玉鬘）

（筆跡などはこ綺麗に書いて、唐の色紙で香ばしい香を何度も何度も焚きしめた紙に、上手に書いたと思っている言葉が、いかにも田舎訛がまる出しなのであった。）

後の章で詳しくふれますが、唐の紙は、鮮やかな色彩と雲母《きら》刷りが特徴で、光源氏でさえも、朝顔の姫君や朧月夜《おぼろづきよ》といった高貴な女性の消息にしか使わないような貴重な品です。ここでの「唐の色紙」は、田舎者まるだしの大夫監には分不相応なものという印象です。しかし、これは一方で、大夫監が大宰府の三等官として、博多の鴻臚館での交易に直接関わりうる立場であったことを鮮やかに示しています。そして、その富にあかして、玉鬘に求婚をせまるのです。

そもそも玉鬘が大夫監に求婚されたのも、大宰府がらみのことでした。夕顔の乳母の夫が大宰少弐《しょうに》に任官したので、母親が消息不明となった玉鬘は、乳母夫婦とともに、筑紫に下ることになったのです。この少弐に玉鬘は孫娘のように可愛がられます。少

図4－3　大弐の北の方が参詣したという観世音寺の講堂　上野百恵氏撮影

弐は大弐と監の間のポストで、大夫監のように在地の人間がなるのではなく、京で任命され、大宰府に下向したわけです。

ところが、乳母の夫の少弐は清廉潔白な人柄で、蓄財には格好のポストにありながら、任期中に私腹を肥やすようなことはしなかったのです。そこで任期が果てて都にもどる時期になっても、「ことなる勢ひなき人」（格別な威勢も財産もない人）で帰京もかなわず、その地で没してしまいます。残された玉鬘は、筑紫の田舎暮らしのなかでの成長を余儀なくされたわけです。

『源氏物語』の批判意識

さて、『源氏物語』で次に大宰府の役人がクローズアップされるのは、前章でも引用した梅枝巻の冒頭です。

大宰大弐が太政大臣である光源氏に舶来品の香や綾・羅《うすもの》を献上しているのも、大宰府の高官たちがいかに対外交易を一手に掌握し、極上の唐物を入手していたかを証す材料でしょう。ここでの大弐も、朝廷から任された唐物の買い付けを行ったばかりでなく、大臣家に極上の唐物を献上するような存在です。

とはいえ梅枝巻で見落としてはならないのは、光源氏が大弐の献上品を手放しでありがたがっているというわけではないことです。光源氏はむしろ二条院の倉に蓄えられた唐物と比較し吟味して、少しでも品質が落ちるものは容赦なく女房たちに下げ渡しています。

そこには、大宰府の高官たちが交易を思うままに管理し、また時の権力者たちにおもねる風儀に対する、『源氏物語』の一種の批判意識のようなものさえ、うかがえるのではないでしょうか。

＊

本章では、『源氏物語』を中心に大宰府の役人像をあらあらとたどってみましたが、点描とはいえ、なかなかポイントを衝《つ》いた描写が多いことに気づかれたことと思います。作者の慧眼《けいがん》というべきかもしれませんが、紫式部はどのようにして、こうした大宰府関係の情報を得たのでしょうか。次章ではその秘密を解き明かしてみましょう。

第五章　紫式部の情報源

紫式部と女友だち

紫式部は、第一章でふれたように、女同士の交流を大切にする人だったようで、『紫式部集』のはじめには、女友だちと交わした歌がずらりと並んでいます。その中には、次のような歌があります。

筑紫へ行く人の女《むすめ》の
西の海をおもひやりつつ月みればただに泣かるるころにもあるかな（六）
（筑紫へ行く人の娘が
西の海を思いやりながら月を見るとただ泣けてくる今日このごろです）

筑紫に肥前といふ所より、文おこせたるを、いとはるかなる所にて見けり。その返り事に
あひみむと思ふ心は松浦《まつら》なる鏡の神や空に見るらむ（一八）

（筑紫にある肥前国というところから、手紙を寄越したのだが、まことにはるかな場所で見たのであった。その返事に
あなたにお逢《あ》いしたいと思うわたしの心は、松浦に鎮座する鏡の神が空からお見通しになることでしょう）

紫式部には、筑紫（ここでは北九州の意）の肥前国に下向した女友だちがいて、その人と歌のやり取りをしているわけです。この女友だちはもしかしたら、『百人一首』のあの「めぐりあひて」の歌を詠み交わした友かもしれませんし、実際そのような説もあります。

それはともかく、この女友だちの父の任国が肥前国だったわけで、紫式部にとって大宰府をはじめ九州の情報源であったとされています。

たしかに、紫式部の「あひ見むと思ふ」の歌は、玉鬘巻で松浦の鏡の神が詠まれた贈答歌とも似通っています。肥前国の女友だちとの手紙のやり取りも、なるほど紫式部の発想源の一つだったのでしょう（図5－1）。

しかし紫式部には、じつはもっと身近に大宰府や九州の情報をもたらした人物がいました。それが、ほかならぬ紫式部の夫の藤原宣孝なのです。

図5－1　鏡神社と紫式部の歌碑　上野百恵氏撮影

夫宣孝という情報源

藤原宣孝は、紫式部とは遠縁にあたり、結婚前のかなり以前から、二人は歌を詠み交わしていたという説があります。しかし、当時の紫式部にとって、宣孝はいわば親戚の小父《おじ》さんでしかも既婚者、恋愛の相手として真剣に考える対象ではなかったのでしょう。

宣孝はその時、四十代後半で、前妻との間に子供もいれば通い所も多く、あちこちで浮名を流す存在でした。父為時より万事、当世風で羽振りのよい宣孝は、性格も豪胆ですが、その宣孝の性質をよく示すエピソードが、『枕草子』「あはれなるもの」の段に残されています。

吉野の金峯山寺《きんぷせん》に詣でる御嶽詣《みたけもうで》には、当時、身分の上下を問わず質素な身なりで参詣するのが慣例でしたが、宣孝は美麗な装束でそれを破ったのでした。

右衛門佐宣孝といひたる人は、「あぢきなき事なり。ただ清き衣を着て詣でむに、なでふ事かあらむ。かならずよも『あやしうて詣でよ』と御嶽さらにのたまはじ」とて、三月つごもりに、紫のいと濃き指貫《さしぬき》、白き襖《あを》、山吹のいみじうおどろおどろしきなど着て、隆光《たかみつ》が主殿《とも》の亮なるには、青色の襖、紅の衣、摺《す》りもどろかしたる水干《すいかん》といふ袴を着せて、うちつづき詣でたりけるを、帰る人も今詣づるも、めづらしうあやしき事に、「すべて昔よりこの山にかかる姿の人見えざりつ」と、あさましがりしを、四月ついたちに帰りて、六月十日のほどに、筑前守の辞せしになりたりしこそ、「げに言ひけるにたがはずも」と聞えしか。これはあはれなる事にはあらねど、御嶽のついでなり。

(右衛門佐の宣孝という人は「(粗末な服装では)つまらないことだ。ただ綺麗な衣装を着て詣でるのに、何のいけないことがあろうか。必ずよもや、奇妙ななりで詣でよと御嶽権現がおおせではないだろう」といって、三月末に、紫のまことに濃い指貫、白い狩衣、山吹色のけばけばしいのを着て、息子の隆光の主殿の助には、青色の狩衣、紅の衣、派手に摺り模様した水干袴をはかせて、連れ立って詣でたが、帰る人も今詣でる者も、珍しく奇妙な事に、すべて昔よりこの山にこのような姿の人は見えなかったと浅ましがったところが、四月一日に帰って六月の十日ごろに、筑前の守が辞任したので後任になったのは、「なるほど言っていたことは間違っていなかったのだ」と。これは「あはれなる」ことではないけれど、御嶽のついでである。）

宣孝は「まさか蔵王権現《ざおうごんげん》はみすぼらしい装いで参拝せよとはおっしゃるまい」とばかり、紫、白、黄と色の取り合わせも派手な衣装を四十過ぎの身でまとい、長男隆光にも青、紅の衣に摺り模様の袴を着せて参詣しました。宣孝の派手好きで大胆不敵な性格がよくあらわれているエピソードです。

周囲の人々はみな瞠目《どうもく》して、こんな姿の御嶽詣をまだ見たことがないと驚愕《きょうがく》しました。ところが都にもどると、罰が当たるどころか、異例の抜擢《ばってき》で筑前守《ちくぜんのかみ》に任じられたのです。

宣孝は正暦《しょうりゃく》元年（九九〇）に筑前守として下り、正暦五年（九九四）頃まで筑前にいたようです。紫式部との結婚が長徳四年（九九八）の秋か冬頃と推定されているので、その八年前から数年間のことになります。

宣孝と紫式部との文通は、この筑前守の任が解けてからと見る説もありますが、先に触れたように筑前守の赴任以前に、十七、八歳の紫式部との交流や和歌のやり取りがあったのではないかという説もあります。

ともあれ、筑前守として赴任した宣孝は、のちのち紫式部が玉鬘巻をはじめ、筑紫関係の物語を紡ぐ上での、じゅうぶんな情報提供者と考えられます。

しかも宣孝は、この筑前守時代にほかならぬ大宰少弐を兼任していた時期があったのです。正暦三年（九九二）の九月二十日の石清水文書《いわしみずもんじょ》では、「藤原　筑前守」が大宰少弐を兼官したとあります。

さらに正暦四年（九九三）の八月二十八日の江見左織氏所蔵文書には、「従五位上行少弐兼筑前守藤原朝臣宣孝」とずばり記されています。宣孝が筑前守に任じられたと同時に大宰少弐を任命されたのかは定かではありませんが、少なくとも、正暦三年の秋から一年あまりは、大宰少弐を兼官していたのではないでしょうか。

実際に大宰府の跡地に赴くと、筑前国の国衙《こくが》と大宰府の政庁は、目と鼻の先にあり、兼官はじゅうぶんに可能であると思われます。また仮に兼官の時期でなくとも、半径二キロ以内の同じ居住区ですから、筑前守は大宰府の動静や交易の実情も手に取るように知りえたのではないでしょうか。

宣孝が大宰府の地や、その官衛の機構、そして交易事情に通じていたことは、『源氏物語』が創作されるにあたり、どれほど有利に働いたことでしょうか。

図5－2　宣孝が宇佐の使に立った宇佐八幡宮　上野百恵氏撮影

紫式部との結婚後では、宣孝は長保元年（九九九）十一月に「宇佐《うさ》の使」（九州の宇佐八幡宮への勅使）に選ばれています。宇佐の使は、八幡宮（図5－2）に宣命を奉幣《ほうへい》した後、大宰府に赴き、禄綿《ろくわた》を受けるのが慣例でした。

かつては筑前守と大宰少弐を兼任し、大宰府周辺の情報に明るい宣孝であればこそ、宇佐の使の大役に任じられたともいえます。宣孝は、翌年の長保二年（一〇〇〇）二月に筑紫より帰京し、三日には藤原道長に馬二頭を献上しています。もとより、夫宣孝の三ヶ月あまりの宇佐下向の見聞が、紫式部にもなにかしら伝わらなかったはずもないでしょう。

『源氏物語』では、玉鬘物語や梅枝巻など、大宰府での唐物交易との接点が語られ、こうしたストーリー展開も、『紫式部集』のあの肥前守の娘を情報源とするといわれてきました。しかし、宣孝と大宰府との密なる関係を見ていくと、彼こそ大宰府関係の主たる情報源であったことがわかるのです。

なお生前の紫式部にかかわることではありませんが、宣孝との間に生まれた一人娘賢子も、後冷泉天皇の乳母となり、のちに高階成章《たかしなのしげあきら》と結婚して、成章が大宰大弐になったので、大弐三位《だいにのさんみ》とよばれました。

成章は「欲大弐」と呼ばれたほどなので、大宰大弐の夫人であった賢子の晩年も富裕であったと推測されます。紫式部、夫宣孝と娘賢子の大宰府をめぐる奇しき因縁でしょうか。

宣孝の甥は、悪名の高い大弐

大宰府の役人からの献上品は、権力者におもねる下位の者の習いですが、むしろ道長や息子頼通など自分たちの息のかかった貴族や家司クラスを大宰府の役人に任じて、癒着関係を深めたという経緯もあったことは、前章でも指摘した通りです。

これも紫式部の生前に関わることではありませんが、夫宣孝の甥の藤原惟憲《これのり》は、はじめ道長の家司でありましたが、その典型ともいうべき悪名高い大弐となりました。

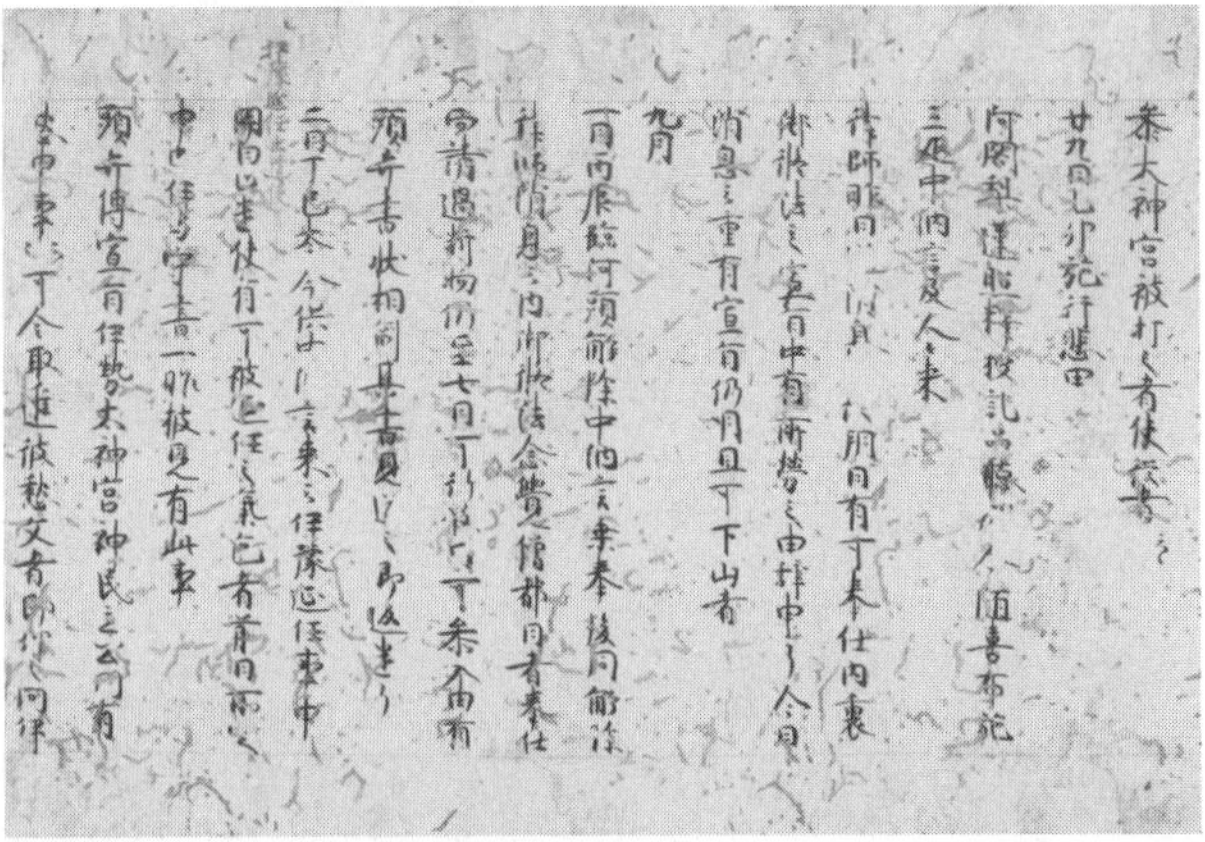

図5－3　九条家旧蔵本『小右記』長元二年八月・九月条　宮内庁書陵部

そもそも惟憲は、一族の妻や娘が道長一族の乳母になったケースが多く、この縁からか惟憲は道長に長く仕えて、やがて家司として活躍します。

さらに因幡《いなば》・甲斐《かい》・近江《おうみ》・播磨《はりま》など数ヶ国の国司をつとめて、ついに治安《ちあん》三年（一〇二三）に六十一歳で大宰大弐に任ぜられます。そして長元《ちょうげん》二年（一〇二九）に大弐の任期を終えて都にもどったのです。

藤原実資の日記『小右記』（図5－3）では、大宰大弐である惟憲の目にあまる強欲ぶりが、くり返し非難されています。もっとも万寿《まんじゅ》二年（一〇二五）十月二十六日の条に拠れば、惟憲は着任して最初の頃は、実資にも気を遣って、絹や檳榔《びんろう》といった唐物を贈っているのですが、あまり効果がなかったようです。

『小右記』の長元元年（一〇二八）六月十二日条では、惟憲が宋より舶載された文殊像を、道長の息子の関白頼通に献上した記事が見え、やはり道長一族との結びつきが強いことをうかがわせます。また同じ年の十月十日条では、惟憲が蔵人所の名を騙《かた》って、宋商から唐物を没収したことが明らかにされています。

さらに十月十五日条でも、宋商の周良史《しゅうりょうし》が八月に来航したのを、都に報告しなかったことが暴露されています。そもそも宋商の来航の折はただちに朝廷に報告し、そこから朝廷が唐物使を派遣するか、買い上げ品のリストを大宰府に送るなりして、先買権を行使するわけです。ところが、惟憲はこれを嫌って、唐物をおのが意のままにするため報告しなかったのです。

『小右記』の長元二年（一〇二九）七月十一日条では、惟憲が大弐の任期を終えて、多くの珍宝を携えて帰京した様子について、九国二島の財物や唐物を、底を払うかのように奪いとり、恥を忘れた行為であると、口をきわめて非難しています。

藤原実資の憤懣《ふんまん》は、その後も収まらなかったらしく、もはや惟憲が大宰府を離れた長元四年（一〇三一）正月十六日の条でさえも、惟憲は貪欲な上に道理をわきまえない者で、大弐の在任中その非法な所業は数万におよぶ、とまで酷評しているのです。

唐物狂いの実資

もっとも実資の非難は、みずからも唐物狂いのところもあり、天下の政情に照らした公憤というばかりでなく、惟憲から関白頼通に莫大《ばくだい》な唐物が流れていくことへの私怨のようなものも混じっていたようです。

実資は、藤原北家の嫡流の摂政太政大臣実頼《さねより》の孫で、実頼の養子となり小野宮家を継いだので、兼家・道長親子より家格は上であるという自負も強かったのです。後に右大臣となり、賢人右府といわれるなど、有職故実《ゆうそくこじつ》への見識の深さにおいて、一目置かれる存在でした。

第一章でふれたように、そもそも実資は、紫式部の夫宣孝とかつて同じ時期に蔵人《くろうど》をつとめ、その縁からか、実資が彰子への取次ぎを頼むほどに、紫式部とも近しい存在でした。

『小右記』長和二年（一〇一三）五月二十七日条では、以前から実資の重要な用件を皇太后であった彰子に取り次いだのが、越前守為時女、すなわち紫式部と記されています。じつは、これが紫式部の生存を証明する最後の記録でもあります。

紫式部はほどなく宮仕えを退いたようですが、その理由として、とかく道長と確執のあった実資方の人物として、道長に睨《にら》まれたという説さえあるほどです。

実資は、博多の近くに高田牧《たかだのまき》という荘園を永祚《えいそ》元年（九八九）から領有し、そこを起点として、都の自邸に多くの唐物を運ばせていました。『小右記』の詳細な記事には、彼がいかに多くの唐物に執着し、手段を選ばず入手したか、如実にあらわれています。

宋船が博多に来航すると、道長には大弐クラスが唐物を献上していますが、実資もかつての高田牧の牧司の藤原蔵規《まさのり》が大宰大監《だいげん》になっているので、長和二年（一〇一三）七月をはじめ、同じように唐物の献上にあずかっています。この時は雄黄《おおう》・甘《かん》松《しょう》・鬱金・金青《こんじょう》といった品々でした。

ちなみにこの藤原蔵規が、玉鬘巻の例の大夫監のモデルではないかという説もあります。蔵規は、都で宮仕えをしていましたが、実資に見込まれて高田牧の牧司となり、さらに大宰大監となりました。

寛仁《かんにん》三年（一〇一九）の刀伊《とい》の入寇《にゅうこう》とよばれる女真族の海賊の侵入事件では大いに活躍し、その恩賞として大宰少弐に進み、対馬《つしま》守にもなった人物です。しかし、蔵規が大活躍するのは、『源氏物語』が成立したやや後のことですし、『源氏物語』の無骨者の大夫監に比べて、ちょっと立派すぎるモデルで、眉唾《まゆつば》ものです。

実資にもどると、長和三年（一〇一四）六月には、蔵規や高田牧の牧司の後任者の宗像妙忠《むなかたたつただ》に仲介させて、博多周辺に滞在していた宋の医師恵清《えしょう》から小児用の薬や目薬を買い求めています。実資の薬好きは有名で、特に舶来の可梨勒から作られる可梨勒丸という下剤を愛用していました。

また、宋船が来航した折ばかりでなく、高田牧から実資へ恒例の進物がとどくというのも、宗像妙忠が博多の商人から直接、唐物を買い上げていた可能性もあります。実資にとって、道長に対抗して唐物を入手する拠点であった高田牧に、ほかならぬ悪大弐の惟憲が干渉したという説もあり、これが『小右記』に記された惟憲への再三の誹謗《ひぼう》につながったようです。公憤ではなく私怨とした理由です。

実資の唐物への執着をあらわすエピソードは、まだまだあります。『小右記』でさらに傑作なのは、長和三年二月の条では、内裏の火災にともない、唐物である麝香《じゃこう》などが盗難にあったことや、やがて蔵人所の関係者が盗んだことが判明する経緯を細かく記している点です。実資の唐物への関心の高さをうかがわせるものでしょう。

ともあれ、唐物に執着し、宋渡来の薬を飲んで健康に注意した実資は、九十歳という、当時としては驚嘆すべき長寿を保ったのです。

紫式部にもどって言えば、実資といった関わりのある男性貴族にあつまる大宰府からの唐物はもとより、その情報についても、どの程度聞き知ることができたかどうか、それは不明というほかありません。夫宣孝からの情報量の方がはるかに大きかったかもしれません。

しかし、共有できた情報もあったのではないでしょうか。ともかくも宣孝や実資と大宰府の官人たちの繋《つな》がりの深さをたどっていくと、あらためて大宰府経由の唐物交易とは何であるのか、その実態がはっきりと見えてきたのではないでしょうか。

＊

次章では、ここで語らなかった道長と唐物との関係、その海外ネットワークについて、少し掘り下げてみましょう。

第六章　道長の海外ネットワークと唐物

この世をば　わが世とぞ思ふ

この世をば　わが世とぞ思ふ　望月の　欠けたることも　なしと思へば
（この世を私の思うような世の中なのだと思う。まさに満月のように欠けたところがないと思うと）

道長の絶頂期に詠まれたこの歌はあまりにも有名です。寛仁二年（一〇一八）三月、道長は三女の威子を後一条天皇の女御として入内させ、十月には中宮としました。長女の彰子は太皇太后《たいこうたいごう》に、次女の妍子《けんし》は皇太后となり、藤原実資は日記の『小右記』に、「一家立三后、未曾有なり」（一つの家から三人の后が立つことは、これまでなかったことである）と驚嘆しています。

そして威子の立后の日（十月十六日）に道長の邸宅で諸公卿を集めて祝宴が開かれ、道長は「この世をば」の歌を即興で詠んだのです。最近では、この歌の後半の解釈について、「空の月は十六夜で少し欠けているが、后となった娘たちは満月のように欠けていない」とする新説も出ています。ともあれ、相対した実資は返歌をせずに、代わりに一同が和してこの歌を詠ずることを提案しました。諸公卿はくり返し何度も朗詠したといいます。

時に道長は太政大臣を辞したばかりで、准三宮（太皇太后・皇太后・皇后に准じる）待遇を得ていました。准太上天皇になった光源氏のモデルの一人とされる道長ですが、彼と唐物との関係はどのようなものだったのでしょうか。

覇者としての道長が「この世をば」の歌のように栄華の絶頂を感じることができたのは、入内した娘たちのお蔭《かげ》でしたが、道長は娘たちのために必要に応じて唐物を提供しています。

紫式部が残した『紫式部日記』（図6－1）に、道長が提供した唐物関係の記事がいくつかあるのは、第一章で見た通りです。懐妊中の中宮彰子が女房たちに薫物を調合させたのも、道長邸である土御門殿（土御門第とも）に所蔵された舶来の香料を材料としていたのでしょう。道長が宮中にもどる彰子に、唐物の羅《うすもの》で表装した三代集の手本を献上したことにも言及しました。

ちなみに道長は唐物そのものを贈るというより、薫物や書の手本など唐物の加工品を贈るという傾向があります。特に薫物は、妍子の立后や威子の裳着（成女式）など、

図6－1　道長（下）・彰子（右）・敦成親王を抱く北の方倫子（左）
「紫式部日記絵巻」断簡　東京国立博物館

娘たちの晴の儀式の贈り物となりました。道長は、優れた薫物を調合したり、書の手本を作成したりすることで、文化的にも覇者であることを誇示したのです。

しかし、これだけでは、断片的な話にとどまりますので、次に道長の日記である『御堂関白記』やその他の記録類から、道長が外交や交易、あるいは唐物の献上や買い上げに関わった例を拾ってみましょう。

『御堂関白記』と唐物

そもそも大宰府を介しての道長と海外の関係は、どのようなものであったのでしょうか。その際、やはり『御堂関白記』（図6－2）が参考になります。『御堂関白記』の記事を見ると、宋船の来航がまず道長に伝えられ、それを奏上するという例があります（長和元年九月二十一日条）。また「唐物御覧」といって、宋商の曾令文から大宰府経由で一条天皇に献上された唐物を一緒に見たり、その裾分けにあずかった例もあります（寛弘三年十月九日条）。

『御堂関白記』の長和二年（一〇一三）二月四日の条では、三条天皇の唐物御覧につきあい、道長が下賜された唐物は、「錦八疋《ひき》・綾二十三疋・丁子《ちやうじ》百両・麝香《じやかう》五臍《せい》・紺《こん》青《じやう》百両・甘松《かんしょう》三斤《きん》」とあります。錦・綾などの衣料、丁子・麝香・甘松など香料、紺青という顔料ですね。

なかには長和四年（一〇一五）二月十二日の条のように、献上された珍獣の孔雀が道長に下げ渡され、土御門殿で飼育するものの、卵が孵化《ふか》せずといった苦労話もあったようです。南国の珍獣の孔雀を押しつけられた道長も大変ですね。道長はわざわざ『修文殿御覧《しゆうぶんでんぎょらん》』という舶来の書物から、孔雀の飼育法まで勉強したらしいのですが。

しかしそればかりでなく、当然のように、大宰府の役人から道長へ、唐物が献上されるという例も散見されます。まず道長の息のかかった大宰大弐である平親信《たいらのちかのぶ》が唐物を献上する記事が頻繁にあります。また眼病の治療のため、みずから希望して大宰権《ごんの》帥《そち》になった藤原隆家《たかいえ》（道長の兄道隆《みちたか》の息子で、伊周《これちか》の弟）が道長に気をつかって、唐

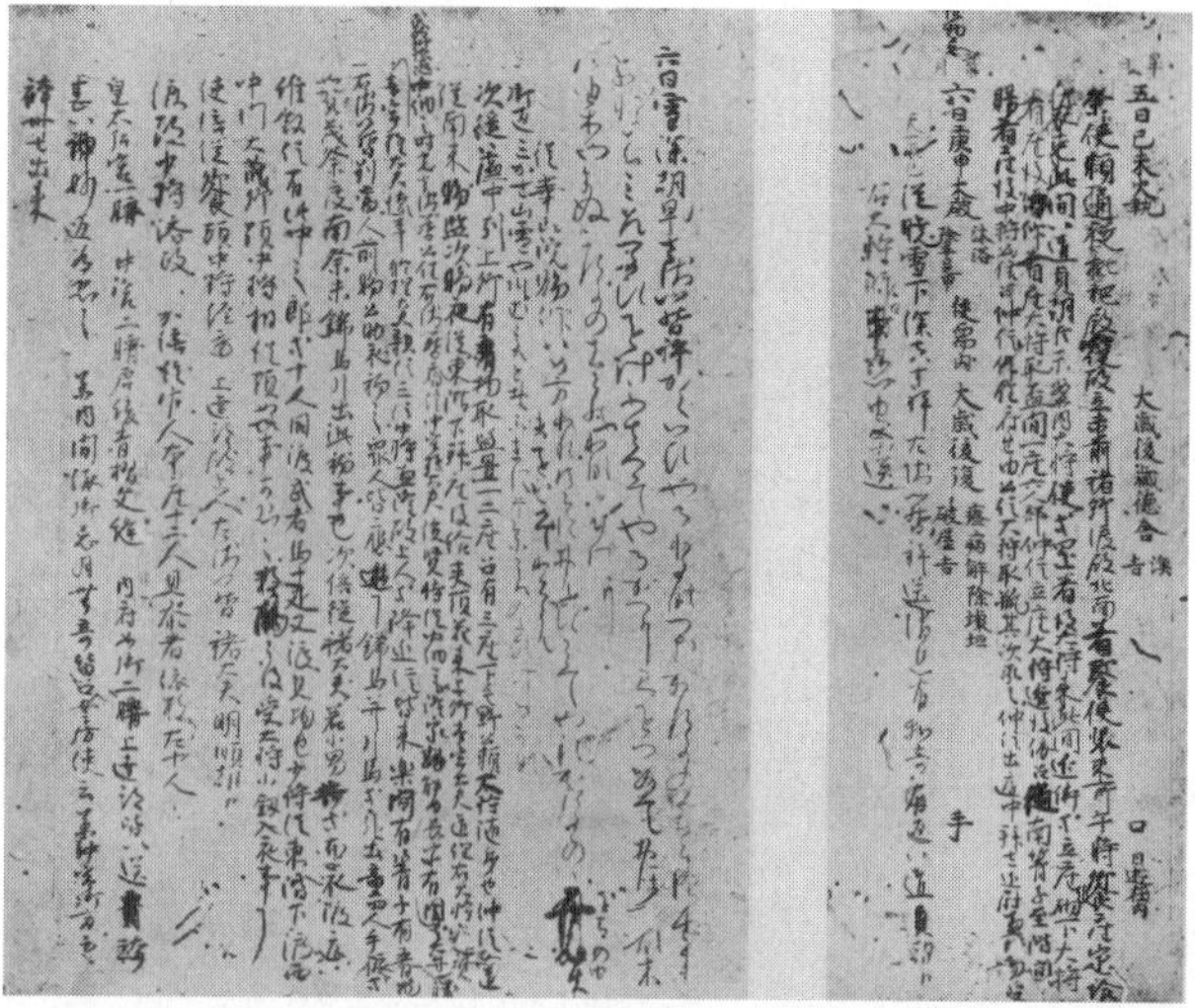

図6－2　『御堂関白記』（『古文書時代鑑』上巻収載）　国立国会図書館

物を献上する例もあります。

藤原実資の『小右記』でも、亡くなった大宰大弐（藤原高《たか》遠《とお》）の遺品の大瑠璃《るり》壺《つぼ》（ガラスの壺）を道長が召し上げたと暴露されています（長和三年十二月条）。

『御堂関白記』でも、貴重な唐物の「瑠璃」が点描された箇所がいくつかあります。敦成《あつひら》親王の誕生百日目の祝いで、「瑠璃酒一盞《さん》・同瓶子《へいじ》」（寛弘五年十二月二十日条）とあり、また禎子内親王の袴着《はかまぎ》の祝儀でも「瑠璃壺・盃」（長和四年四月七日条）とあるなど、ガラスの盃、瓶、壺が祝儀の場の食器として出てくるのです。

そのほかにも『御堂関白記』には香料としての「白檀」、染料としての「蘇芳」、貴木としての「紫檀」などがみえます。道長の栄華と豪勢な生活は、大宰府を介して、宋からの唐物により支えられたことがよくわかるのです。

入宋僧との関わり

また『御堂関白記』には、日本から宋に留学した僧との手紙のやりとりや、その贈り物の記事もあります。宋との正式な国交のない時代に国際情報の担い手は、日本と宋を行き来する商人ばかりでなく、入宋する僧の存在が忘れてはならないものでした。『宋史』にその名をとどめた入宋僧の代表が、奝然《ちょうねん》と寂照《じゃくしょう》です。そして道長と関わりが深いのが寂照です。

長保五年（一〇〇三）九月に宋に渡った寂照は、四年後に時の真宗《しんそう》皇帝から円通大師の号と紫衣を賜ります。寂照は宋商人を介して、入宋後も道長と親しく書状を交わしています。『御堂関白記』では長和元年（一〇一二）九月一四日条に、寂照からの書状があり、それに天竺《てんじく》風の観音像と大遼作文が添えてあったとあります。

また当時、宋の天台山大慈寺が荒廃していて、その再建が計画されました。寂照はこれに協力し、寄進をつのるため弟子の念救《ねんきゅう》を一時帰国させたこともありました（長和二年九月十四日条)。

その折、寂照は念救にたくして、道長に摺本《すりほん》の『白氏文集《はくしぶんしゅう》』と天台山図を贈ります。摺本とは宋版とよばれる、宋の時代にできた木版刷のことで、その技術のなかった日本においては貴重な品でした。

それに感激した道長は天台山大慈寺への寄進のために多くの品々を用意したことが、『御堂関白記』に書き連ねられています。念救は、長和四年(一〇一五)七月十五日に道長の書状や寄進物、仏典購入のための金をたずさえて、宋の寂照のもとにもどったのです。

仏教関係の唐物といえば、『栄花物語』でも唐物を多く登場させて、善行を重ねていく道長の姿を描き出しています。道長主宰の唐物を尽くした法会の豪華さや建立した法成寺の伽藍《がらん》の見事さは、道長が現世における権力者であることを表すばかりか、極楽浄土のような世界を現出させた存在であることを証しているのです。

舶載の書籍のコレクター

さて、寂照から摺本の『白氏文集』を献上されたように、道長は舶載の書籍を贈られることもしばしばありました。というのも、道長は大変な本好きとして知られ、彼に仕えた大江匡衡《おおえのまさひら》も「述懐古調詩一百韻《じゅつかいこちょうしいっぴゃくいん》」のなかで、「道長は漢籍をたくさん集めているので、文人や儒者たちを大事にした」とまで述べています。それでは道長が舶載の書籍やその写本とどのように関わったか、『御堂関白記』やその他の記録類から、さらに例を拾ってみましょう。

寛弘元年（一〇〇四）十月には、源乗方から『文選集注《もんぜん》』と『元白集《げんぱく》』を贈られて、道長は感きわまりない喜びと日記に記しています。これらは舶載本そのものではなく、その写しの可能性も高いのですが、この時の『文選集注』は、中宮彰子を経て、一条天皇に献上されています。中宮彰子がまだ皇子を産む前であり、漢籍を一条天皇に贈ることで、学問に関心の深い天皇の心をつなぎ止めようとしました。それは彰子サロンの文化水準の高さを周囲に示す狙《ねら》いもあったのでしょう。

寛弘三年（一〇〇六）の十月九日、宋商の曾令文からの献上品を見る唐物御覧があったことは最初に述べましたが、後で道長は曾令文から蘇木（蘇芳）や茶垸（茶碗）に加えて、『五臣注文選』（文選の注釈書）や『白氏文集』を贈られています（寛弘三年十月二十日条）。

曾令文の来朝は長保元年（九九九）にもあり、今回の来朝は十年も経っていないので追い返すかどうか朝廷で審議されましたが、内裏の火災により唐物が焼失し不足していた時期でもあり、許されることになりました。曾令文はこの措置に感謝して、朝廷や道長に対して献上品を惜しまなかったらしいのです。

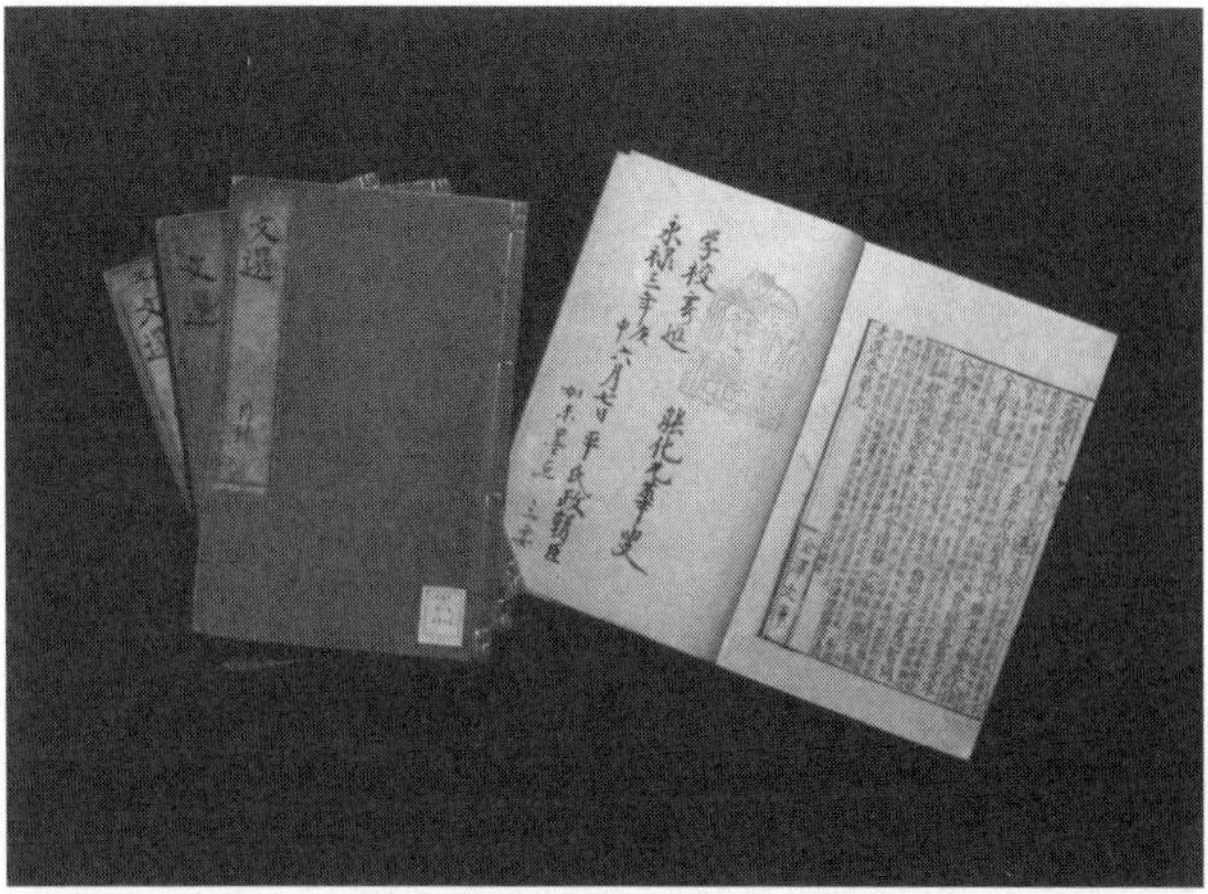

図6－3　『宋刊本文選』（金沢文庫）　足利学校遺蹟図書館

道長が舶来の書籍の収集で力を入れていたのは、ほかならぬ『文選』と『白氏文集』でした。曾令文が献上した『五臣注文選』『白氏文集』は、道長の趣味にぴたりとかなうものだったのです。

その後の寛弘七年（一〇一〇）十一月にも、新造の一条院に移る一条天皇に、道長は貴重な宋版の摺本の『文選』（図6－3）と『白氏文集』を贈っています。それらが、曾令文のかつての献上品なのか、それとも別のルートで入手したものか定かではないのですが、唐物の漢籍が、道長と一条天皇をつなぐ贈与財として有効に機能していたことがうかがえます。

なお長和四年（一〇一五）七月にも、

唐僧の常智から『白氏文集』を贈られています。それはあらかじめ道長が希望して贈ってもらった書籍で、舶載の本を贈られるのを待つだけでなく、道長が積極的に収集していたこともうかがわれます。

また入宋僧の奝然が宋版の経典を日本に持ち帰ったのですが、その中の一切経を奝然亡き後、弟子から譲られています（寛仁二年正月十五日条）。

道長といえば、とかくやり手の政治家というイメージがつきまといますが、彼はおしなべて書籍の収集に熱心で、漢詩文の造詣も深く、みずから作文会（詩文の会）をしばしば主催する文化人でもありました。道長はこうした書籍を土御門殿（図6－4）の文殿とよばれる書庫に架蔵していました。

ところが土御門殿が長和五年（一〇一六）七月二十一日に火災にあい、その時に道長が真っ先にしたのが、氏の長者の象徴である大饗《たいきょう》用の朱器と、文殿の書籍を取り出すことでした。そして二年後に邸宅を再建し、文殿も建て直すのです（寛仁三年二月二日条）。

道長は舶載の文物を多く土御門殿に架蔵し、東アジアの文化潮流にも敏感でした。それは土御門殿に参上する紫式部にもなにかしらの影響を及ぼさないわけはなかったと思われます。

紫式部と道長の関係とは

最後にこうした道長と紫式部がどのような関係にあったのか、いわゆる男女の関係にあったのか、私なりの推測を述べておきたいと思います。

『紫式部日記』の中には、『源氏物語』をめぐって道長と紫式部が戯れの贈答を交わし、さらに渡殿の格子戸をたたく道長とおぼしき男性を拒否したエピソードがあります。

源氏の物語、御前にあるを、殿の御覧じて、例のすずろ言ども出できたるついでに、梅《むめ》の下に敷かれたる紙に書かせたまへる、

(道長)すきものと名にしたてれば見る人の折らで過ぐるはあらじとぞ思ふ

たまはせたれば、

(紫式部)「人にまだをられぬものを誰かこのすきものぞとは口なら

図6－4　土御門第跡(京都御苑)　上野百恵氏撮影

しけむ
めざましう」と聞こゆ。
（源氏物語が、中宮様の御前にあったのを、殿（道長）が御覧になって、いつものように冗談を言い出された折に、梅の実の下に敷かれている紙にお書きになった歌。
（道長）あなたは好色者との評判が高いので、見かけた人は口説かずに放っておく人はいないと思いますよ。
と詠んで、お与えになったので、
（紫式部）「誰にもまだ靡《なび》いたことはないのに、いったい誰がわたしを好色者だと言いふらしたのでしょうか
心外なことですわ」と申し上げる。）

＊

渡殿に寝たる夜、戸をたたく人ありと聞けど、おそろしさに、音もせで明かしたるつとめて、
（道長）夜もすがら水鶏《くひな》よりけになくなくぞまきの戸ぐちにたたきわびつる
かへし、
（紫式部）ただならじとばかりたたく水鶏ゆゑあけてはいかにくやしからまし
（渡り廊下にある部屋に寝た夜、部屋の戸をたたいている人がいる、と聞いたけれど、恐

ろしさにそのまま答えもしないで夜を明かした、その翌朝に、殿より、
（道長）夜通し水鶏がほとほとたたくにもまして、わたしは泣く泣く槙の戸口で、戸をたたきながら思い嘆いたことだ
返歌、
（紫式部）ただではおくまいとばかり熱心に戸をたたくあなたさまのことゆえ、もし戸をあけてみましたら、どんなにか後悔したことでございましょう）

はたして道長と紫式部の実際の関係はどうだったのでしょう（図6－5）。安藤為《ため》章《あきら》など近世の国学者たちは、時の権力者道長にも靡かなかった貞女の面影を見ますが、逆に紫式部が道長の妾《めかけ》であったとする説もあります。

少なくとも道長は、娘に仕える主だった女房と関係を結ぶことで、ご機嫌をとるような人物だったようです。道長が紫式部に限らず、娘付きの女房に一夜訪れるのは、主人と侍女の間における日常的な振舞いで、召使いに対する心遣い、いわば一種の挨拶だったと考えられます。

ただ男女の関係はともかく、道長が紙や墨などを存分に与えて、『源氏物語』の執筆を全面的にバックアップしたことは間違いありません。近年の『紫式部日記』研究では、『源氏物語』の創作を紫式部一人の偉業とするより、中宮彰子サロンの集団の

中で成し遂げられた作品、集団の文学とする説が有力になっています。そのバックに道長がいることはいうまでもありません。

そして道長のもとに集まる海外の情報についても、唐物や交易関係を含めて、いくらかは聞き知ることができたのではないでしょうか。それらも『源氏物語』が成立する環境として忘れてはならないものです。

＊

次章からは、唐物そのものの話に戻って、アイテムごとに見ていきますが、まずは『御堂関白記』にもよく出てくる瑠璃とよばれるガラス器を取り上げてみましょう。

図6－5　道長と紫式部　「紫式部日記絵巻」（模写）　国立国会図書館

第七章　王朝のガラス

王朝ガラスを代表する瑠璃壺

瑠璃《るり》とよばれる高価なガラス器には、何といっても異国のイメージがただよいます。平安時代ですと、『新猿楽記』で海商である八郎真人が扱った品目であったように、「瑠璃壺」は唐物を代表する品でした。

当時は蜻蛉《とんぼ》玉といわれるガラス玉を作る技術はあっても、吹きガラスの手法で壺などを製作する技術はまだなかったので、瑠璃壺はすべて舶載品だったのです。

王朝文学であれば、『枕草子』の「うつくしきもの」の段の最後をしめ括る品として、瑠璃壺が出てくるのが、すぐに思い出されます。『好忠集』（曾根好忠《そねのよしただ》の家集）にも、

瑠璃の壺ささ小さきははちす葉にたまれる露にさも似たるかな
（瑠璃の小さな壺は、蓮の葉の露によく似ていることであるよ）

と詠まれたように、瑠璃壺は、まずは小さくて繊細な美術品といったイメージがあります。

こうした小ぶりなガラス壺は、ガラス研究の第一人者である由水常雄《よしみずつねお》氏によれば、宋の時代に作られた中国製のガラス器ということになります。

現存する平安のガラス器で、宋で製作されたことが明らかな品に、清涼寺の釈迦《しゃか》如来像の胎内に収められた舎利《しゃり》瓶《びん》の断片があります。濃緑色の鉛ガラスで、壺の形と瓢《ひさご》の形の二種類でした。

一緒に封入されていた文書から、その釈迦如来像は、入宋僧の奝然が帰国するに際してかの地の優塡王《うでんのう》が造った釈迦《しゃか》瑞像《ずいぞう》を模造させたものとわかります。そして胎内への納入物も、その時（九八五）に封入されたのです。

奝然は、前章で触れたように、寂照とともに、『宋史』にその名をとどめた入宋僧を代表する人物です。宋との正式な国交のない時代、東アジアの国際交流の担い手としては、海商とよばれる商人だけでなく、入宋僧の存在を忘れることができません。

中国製のガラス器というと、平安末期の品でありますが、防府《ほうふ》天満宮に所蔵されている緑瑠璃の球形の舎利壺も、宋の時代に作られた品といわれています。

こうした遺品から、宋で製作されたガラス器の特徴として、小ぶりであることと、薄手で色鮮やかであること、仏舎利《ぶっしゃり》（釈迦の遺骨やその代用品である瑪瑙《めのう》や水晶）を入れる容器など、仏具としての需要が多かったことがわかります。

仏具としての需要

この仏具の需要というのが、瑠璃の聖なるイメージを保持させ、次章で紹介する青磁と運命を分けた理由ではないでしょうか。

そもそも瑠璃は、仏典の中でも金銀などとともに七宝の一つに数えられたので、仏具に使われたわけです。瑠璃には、白・赤・黒・黄・青・緑・縹《はなだ》・紺・紅・紫の色がありますが、特に紺瑠璃を指すこともあります。

そこでの紺瑠璃は、もともとはラピスラズリ（青金石）を指したのかもしれません。しかし、そう簡単にラピスラズリを用意できないので、青色のガラスを代用品《イミテーション》としたのでしょう。

継子《ままこ》いじめの物語である『落窪《おちくぼ》物語』では、法華《ほっけ》八講《はっこう》という仏事の場面に紺瑠璃の壺が出てきます。平安のシンデレラである落窪の姫君を救出した道頼《みちより》は、姫君の父中納言や継母の北の方に次々に報復していきます。

しかし、それも一段落した後、道頼は中納言一家と和解するため、中納言のために法華八講を盛大に催します。そこで、その催しを聞いた道頼の父右大臣が、脚気《かっけ》のため参加できないので、仏前に供えるようにと、趣向をこらした贈り物を届けます。

「今日だにとぶらひにものせむと思ひつれども、脚《あし》の気起りて装束することの苦しければなむ。これはしるしばかり捧げさせたまへとてなむ」とあり。青き瑠璃の壺に、黄金の橘入れて、青き袋に入れて五葉《ごえふ》の枝につけたり。
（「せめて今日だけは参上しようと思いましたが、脚気が起って正装することも苦しいので失礼いたします。この品は印ばかりですが、仏前にお供えください」とある。青い瑠璃壺に、金製の橘の実を入れて、それを青い袋に入れて五葉の松の枝に結びつけてあった。）

右大臣からの供物は、唐物である紺瑠璃の壺に金製の橘の実を入れた豪華な品で、しかも青い袋に入れて、五葉の松の枝に結びつけたものでした。

この贈り物の場面の影響を受けたと思われるのが、『源氏物語』若紫巻の北山の段です。光源氏が少女若紫を見つけ出すことであまりにも有名な段ですが、その翌朝、北山の僧都《そうず》（若紫の大叔父）が、五葉の松につけた聖徳太子遺愛の数珠《じゅず》と、藤桜をつけた紺瑠璃の薬壺を光源氏に贈るという場面があります（図7－1）。

僧都、聖徳太子の百済《くだら》より得たまへりける金剛子《こむがうじ》の数珠《ずず》の玉の装束したる、やが

図7－1　北山の僧都から紺瑠璃の薬壺を受け取る光源氏　「絵入源氏物語」若紫四　国文学研究資料館

てその国より入れたる箱の唐めいたるを、透きたる袋に入れて、五葉の枝につけて、紺瑠璃《こんるり》の壺どもに御薬ども入れて、藤桜などにつけて、所につけたる御贈物ども捧げたてまつりたまふ。（若紫）

（北山の僧都は、聖徳太子が百済から得られた金剛子の数珠で、玉の飾りが付いているのを、そのまま百済の時から入れてあった箱の唐風なのを、透かし編みの袋に入れて、五葉の松の枝に付けて、紺瑠璃の壺々に、薬類を入れて、藤や桜などに付けて、場所柄に相応しい贈り物を差し上げなさる。）

いくつかの紺瑠璃の壺に薬を入れたのは、光源氏を薬師如来に見立てて、薬壺を贈るという趣向でした。薬師如来の正式な名称は薬師瑠璃光如来であり、その名に合わせて、北山の僧都は紺瑠璃壺を選んだわけです。

薬の中身も、唐渡りの高価な薬であったはずです。また、この薬壺に藤桜をつけ、数珠は袋に入れて五葉の松に付けたというのも、『落窪物語』を意識しつつ、趣向を変えてみせたのでしょう。

仏事にかかわる瑠璃壺の例を、さらに『栄花物語』にたどると、ころものたま巻で万寿《まんじゅ》三年（一〇二六）に皇太后妍子が三条院供養のための法華八講を主催し、上東門院（彰子）から瑠璃の壺に黄金五十両を入れた供物が届けられています。

また、たまのうてな巻では、道長が建立した法成寺の絢爛豪華《けんらんごうか》な様子が語られる段に、念誦《ねんじゅ》の部屋の花机に、「瑠璃の壺に唐撫子《からなでしこ》、桔梗《ききやう》などを挿させたまへり」（瑠璃の壺に、唐撫子、桔梗などを挿しておありである）というものを飾ったとあります。仏教行事の小道具や贈り物、仏具として活躍する瑠璃壺のあり方がうかがえる興味ぶかい場面です。

『うつほ物語』の瑠璃の不思議

ところが、瑠璃の用例がありながら、仏教臭があまり感じられない不思議な作品もあります。『うつほ物語』がそうで、仏事にかかわる瑠璃壺は皆無といってよいかもしれません。

瑠璃壺やそのほかのガラス製品は、もっぱら装飾品であり、薫物や黄金などを贈る際、ギフトに欠かせぬ容器や食器として使われています。

たとえば、あて宮巻であて宮が東宮との間に初めての皇子を出産した際、その産養《うぶやしない》で「飲《す》き米」とよばれる米（邪気を払うため水で飲み込む米）がふるまわれ、それを后の宮（東宮の母）がもらい受けて、小さな瑠璃壺四つにわけて、東宮の他の妃たちにあやかりなさいとばかり贈っています。

また、蔵開上巻では、女一の宮があて宮宛に、豪華な贈り物をする際に、同じ御櫛《みぐし》の箱四つ、一つには沈、一つには黄金《こがね》、一つには瑠璃の壺四つに合はせ薫物入れて、今一つには、黄金の壺に薬ども入れて、麝香《ざかう》一つに一つづつ入る黄金の壺十据ゑて、清らなる包みどもに包みて、宮の御消息にて、陸奥国紙《みちのくにかみ》に女御書きたまふ。　（蔵開上）

（同じく蒔絵《まきえ》で装飾された御櫛の箱を四つ、その一つには沈、次の一つには黄金、その次の一つには瑠璃の壺四つに薫物を入れて、もう一つには、黄金の壺に薬を数種入れ、麝香一つが入る黄金の壺を十も添えて、それぞれ美しい紙に包んで、女一の宮の御消息ということで、陸奥国紙に女御が代筆なさっている。）

とあります。櫛箱一つに四つの薫物入りの瑠璃壺を入れたということですから、小さな瑠璃壺なのでしょう。『枕草子』の瑠璃壺のイメージと重なりますし、これらも宋で製作されたガラス器で、小ぶりで色鮮やかな品かもしれません。

ところが、『うつほ物語』の国譲《くにゆずり》下巻には、「大きなる瑠璃の壺に、黄金一壺入れて」（大きな瑠璃の壺に、黄金を一壺分入れて）といった例もあります。

女二の宮の乳母《めのと》である越後の乳母が、女二の宮を盗み出したい祐澄《すけずみ》という人物から沢山の賄賂《わいろ》をもらったという話ですが、その中に黄金を入れた、大きな瑠璃壺が出てくるのです。ここでも、瑠璃壺は、黄金を入れて贈る容器として、つまりギフトに欠かせぬ容器の一つとしてあることがうかがわれます。しかし、これが宋で作られた中国製のガラス器であるかどうかは微妙なのです。

というのも、平安時代のガラス器の出土品には、同じ宋を経由した唐物であっても、中国製のガラス器ではなく、西アジアや中央アジアのイスラム・グラスの例があるからです。

イスラム・グラスは、イスラム教を信仰する国々で七世紀から十九世紀まで作られたガラスを広く総称するものですが、中国製のガラス器よりも大ぶりで丈夫なのが特徴です。

そもそも中国製のガラスも、イスラム・グラスを模倣したものですが、大きなものや厚手のものを作るまで技術が追いついていなかったのです。ガラスを大きく厚く作るには、「徐冷《じょれい》」というガラスの歪《ゆが》みを取る技術が必要であったからです。

国譲下巻のこの「大きなる瑠璃の壺」をイスラム・グラスと見るならば、『うつほ物語』の次のような用例も、それに該当するのではないでしょうか。蔵開中巻では、藤壺（あて宮）から殿上の間にいる公達《きんだち》たちに差し入れがあり、いろいろな瑠璃の食器・酒器が出てきます。

藤壺より、大きやかなる酒台のほどなる瑠璃の甕《もたひ》に、御膳《おもの》一盛、同じ皿坏《つき》に、生物、乾物《からもの》、窪坏《くぼつき》に、菓物《くだもの》盛りて、同じ瓶《かめ》の大きなるに、御酒入れて、白銀《しろかね》の結び袋に、信濃梨、干し棗《なつめ》など入れて、白銀の銚子《てうし》に、麝香煎一銚子入れて奉りたまへり。（蔵開中）

（藤壺より、大きな酒台のほどの大きさの、瑠璃でできた浅い甕に、お食事を一盛りし、同じく瑠璃の皿坏に、生物や乾物を盛り、窪坏に、菓物を盛って、同じく瑠璃の大きな瓶に酒を入れて、白銀の結び袋に信濃梨や干し棗など入れて、白銀の銚子に、麝香煎を一銚子分入れて差し上げてなさった。）

藤壺から大きな酒台ほどのガラスの甕に食事を盛り、同じくガラスの皿状の坏で生物や干物を盛り、くぼんだ坏には、菓子を盛り、大きなガラスの瓶には、酒を入れて、といった具合に差し入れがあったのです。

これらの食器や酒器は、大きいことが強調されていますし、飲食物の重みに耐えるだけの丈夫さも必要です。ですので、繊細な中国製のガラス器であるより、大型で丈夫であったイスラム・グラスと見るべきではないでしょうか。

そもそもイスラム・グラスは、アラビアから中国に目薬や白砂糖、千年棗（ドライフルーツ）、薔薇水《しょうびすい》（バラのエッセンスを水に溶かした香水）が輸入される際、その容器としてもたらされることも多かったようです（『宋史』「列伝　巻四九〇」大食国、九九五年の条）。

そうした瑠璃の空き瓶や壺が日宋交易により、さらに日本にもたらされたというわけです。

『うつほ物語』に出てくる唐物は、ガラス器に限らず、物語というフィクションの中で、誇張されたり、理想化された品々なのです。ですから、それらの品々が、貴族社会の中でごく日常的に使われていた品と考えることは躊躇《ちゅうちょ》されます。

しかし、『うつほ物語』の語られ方から、平安時代には小ぶりの中国製ガラスの壺と、大型で実用性に富んだイスラム・グラスの壺・瓶・甕・坏など、二種類の唐物ブランド品があったことは認めることができるのではないでしょうか。

正倉院宝物のガラス

さて、フィクションの世界を離れて、現存する平安のイスラム・グラスといいますと、何といってもその圧巻は、正倉院宝物である紺瑠璃唾壺《だこ》と白瑠璃水瓶《すいへい》（ガラス製水差し）（図7－2）ということになります。

ガラス器の日本での起源にさかのぼると、ご存知のように正倉院宝物にたどり着き、平安のガラス器も正倉院御物のガラスに繋《つな》がっています。しかし、その繋がっている

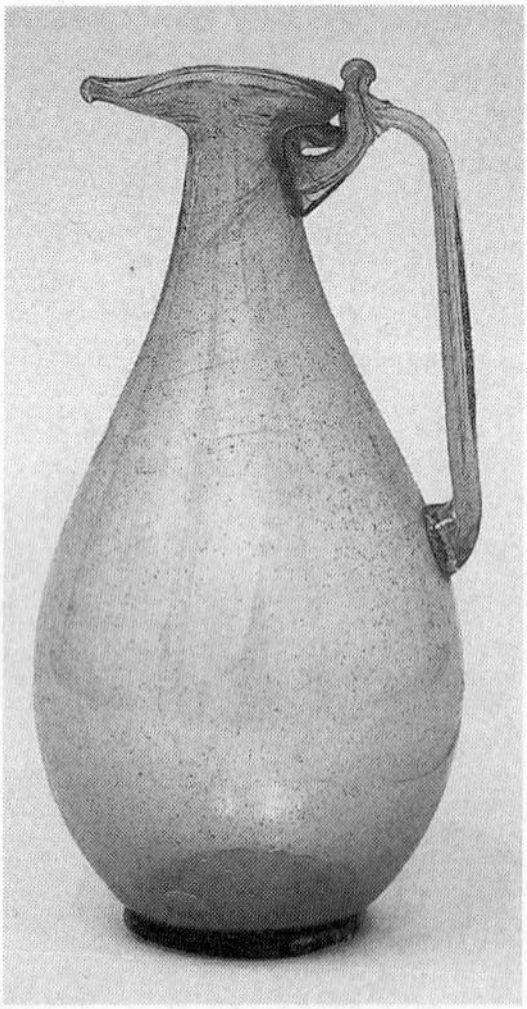

図7－2　白瑠璃水瓶　正倉院宝物

という意味は、ガラス器の源流として正倉院宝物があるという意味に必ずしもとどまりません。同時代のガラスとしても繋がっているのです。

これも由水氏による詳しい研究があるので、簡単に紹介しますと、正倉院のガラス器は、細かい蜻蛉玉と呼ばれるものをのぞくと、わずかに六点しかありません。それらは、必ずしも聖武天皇遺愛の品というわけではなく、いつ正倉院宝物となったのか、そのドラマはミステリーにみちています。

もっとも古く有名なのは、白瑠璃碗《わん》で、ササン朝ペルシア（二二六―六五一）から渡来した四、五世紀の品とされています。同じく紺瑠璃坏《こんるりのつき》も、ササン朝ペルシアから渡来した七世紀前半の脚つきのグラスです。

次に古いのは、白瑠璃高坏で、これは八世紀の西アジアのイスラム・グラスで、これは天平《てんぴょう》勝宝四年（七五二）大仏開眼供養の時、東大寺に奉納されたものであることがわかっています。

図７－３　紺瑠璃唾壺（瑠璃壺）　正倉院宝物

白瑠璃水瓶も同じく西アジアのイスラム・グラスですが、由水氏はこれを九世紀の作品としており、平安期のガラスの遺品ということになります。イスラム・グラスは、熱湯を注いでも割れないくらい丈夫で、水差しのような用途に適していたのです。もっとも白瑠璃水瓶をさらに古いササン朝ペルシアの品とする説もあります。

そこで、より注目されるのが紺瑠璃唾壺（瑠璃壺）（図７－３）です。紺瑠璃唾壺は平安期の東大寺に収められた年代が唯一わかる、その意味では素性正しいガラス器だからです。というのも、『東大寺別当次第』の治《じ》安《あん》元年（一〇二一）十月一日の条に、「前左衛門尉平致経《むねつね》、紺瑠璃唾壺を施入す。由縁あり、仰ぎて蔵に之を納む」とあるからです。

ちなみに、唾壷の多くは銀製ですが、なかには舶来の瑠璃製もあります。本来は唾を吐き入れる壷の意味で、『和名類聚抄《わみょうるいじゅうしょう》』（平安中期の漢和辞書）にも載っていますが、実用的というより、むしろ装飾性の強い調度品のひとつでした。

平致経は、日宋交易で繁栄をきわめた伊勢平氏の忠盛《ただもり》・清盛とは異なる系統の平氏ですが、当時、大宰府経由でしか手に入らない唐物である瑠璃壷を手に入れて、東大寺に献納したということになります。

この紺瑠璃唾壷に似た形のガラス器が、中央アジアのサマルカンドやタシュケントから多く出土していることから、由水氏はこれをイスラム・グラスとしています。そして、その貴族趣味のデザインは、ガラス職人の独創ではなく、北宋から西域のガラス工房への注文品であったと推測をめぐらしています。

第四章でふれた博多の鴻臚館跡展示館にも、ガラスの出土品として、緑の瓶と透明な坏（一説に碗）の破片があり、それらも九世紀のイスラム・グラスといわれています。これらも仏具や装飾品というより、鴻臚館でじっさい使われていた食器の可能性が高いのでしょう。

その他、現存はしていないものの、記録にあらわれたイスラム・グラスの例を挙げてみると、入唐した弘法大師が帰国する際に、青龍寺の阿闍梨恵果《あじゃりえか》から贈られたガラス製品があります。

それらは、碧瑠璃《へきるり》供養碗、琥珀《こはく》供養碗、白瑠璃供養碗、紺瑠璃箸ですので、その実用性を考えれば、イスラム・グラスの可能性が高いわけです。

以上のように見てきますすと、平安貴族たちは、色鮮やかで小ぶりの中国製ガラスと、蕃瑠璃《ばんるり》とよばれる大型で実用性に富んだイスラム・グラスという、二種類の唐物ブランド品を仏具や贈り物の容器、食器や酒器など用途によって使い分け、鑑賞して楽しんでいたことになります。

『源氏物語』のガラス器

平安の瑠璃の例を色々見てきましたが、最後に『源氏物語』のガラス器について述べておきます。すでに若紫巻の紺瑠璃の薬壺についてはお話ししましたが、その他にも瑠璃が二度ほど出てきます。

第三章で見たように、梅枝巻では光源氏は前斎院《さきのさいいん》である朝顔の姫君に香を贈って、薫物作りを依頼します。やがて朝顔の姫君は、黒方《くろぼう》と梅花の薫物をそれぞれ紺瑠璃と白瑠璃の坏《つき》（杯）に入れるという、趣向を凝らした形で六条院に送りとどけます。

沈の箱に、瑠璃の坏二つ据ゑて、大きにまろがしつつ入れたまへり。心葉《こころば》、紺瑠

璃には五葉の枝、白きには梅を彫《ゑ》りて、同じくひき結びたる糸のさまも、なよびかになまめかしうぞしたまへる。（梅枝）

（沈の箱に、瑠璃の杯を二つ置いて、薫物を大きく丸めてお入れになってある。心葉は、紺瑠璃の方には五葉の松の枝を、白い方には梅を彫って、同じように結んである糸の様子も、女らしく優美な感じにお作りになってある。）

『うつほ物語』のあて宮巻でも、四つの瑠璃壺に薫物を入れて沈の箱に納めた例がありましたが、『源氏物語』では、壺を杯にかえて、白瑠璃と紺瑠璃という色の対比に転じています。

それを覆う「心葉《こころば》」という飾り物も、二種類を用意するという凝り方です。冬の香である黒方香には、紺瑠璃と五葉の松（冬の景物）の心葉、春の梅花香には白瑠璃と梅の心葉を配したところに、じつに繊細な王朝の美学がうかがわれます。これを見た光源氏も弟の蛍宮もうっとりと魅了されるばかりです。

さて、梅枝巻の瑠璃の杯が中国製のガラスなのか、イスラム・グラスなのか、にわかには判断しがたいところです。薫物が大きくまるめられて入れられた点からすれば、杯もそれなりの大きさがあったのかもしれません。

しかし高価な唐物である沈の箱に納められたことからすれば、それほど大きな杯でなかった可能性もあります。朝顔の洗練された美意識からすると、色鮮やかな中国製のガラスを選んだような気もします。

それにしても、高価で美しい瑠璃の坏を所有していたのは、朝顔の実家である式部卿宮家の格式の高さをあらわしているのでしょう。

もう一つの瑠璃の例は、宇治十帖の宿木《やどりぎ》巻です。宇治十帖は不思議なほど唐物が少ないのですが、その中で唐物が集中する例外的な巻が宿木巻なのです。

宿木巻では、薫と女二の宮の結婚に際して、その披露の祝宴もかねて、宮中の藤壺（飛香舎《ひぎょう》）で藤花宴が催されます。その時、女二の宮から、粉熟《ふずく》という、米の粉を蒸して作る菓子が出されます。

その銀の容器に入れられた粉熟の御膳に瑠璃の御盃と、酒を入れた紺瑠璃の瓶子《へいじ》が付いているのです。

宮の御方より、粉熟まゐらせたまへり。沈の折敷《をしき》四つ、紫檀の高坏《たかつき》、藤の村濃《むらこ》の打敷《うちしき》に折枝《をりえだ》縫ひたり。銀の様器、瑠璃の御盃、瓶子は紺瑠璃なり。兵衛督《ひやうゑのかみ》、御まかなひ仕うまつりたまふ。（宿木）

（女二の宮から、粉熟を差し上げなさった。沈の折敷四つ、紫檀の高坏、藤の村濃《むらご》の打敷に、折枝を縫ってある。銀の容器、瑠璃のお盃、瓶子は紺瑠璃である。兵衛督が、お給仕をお勧めなさる。)

朝廷が先買権を行使して得た宮中のガラス器は、やはり素晴らしいということでしょうか。紺瑠璃の瓶子との対比でいえば、瑠璃は透明なガラス、すなわち白瑠璃かもしれません。

宿木巻のこの藤花宴は、じつは村上朝の天暦《てんりやく》三年(九四九)の藤花宴を意識しながら描かれています。

しかし、そこでは銀の盃が使われ、瑠璃が使われた形跡はありません。『源氏物語』は天暦三年の藤花宴に準じながら、瑠璃を使うことで、それ以上に繊細な王朝の美意識を示してみせたのです。

イスラム・グラスが中国製ガラスより丈夫だからといって、それが日常的に食器や酒器として頻繁に使われていたとすることは躊躇《ためら》われます。『源氏物語』や『御堂《みどう》関白記』にしても、食器・酒器の瑠璃は、晴の儀式、特に親王・内親王の通過儀礼の場で使われているからです。

『うつほ物語』にしても、宮中にいる藤壺があくまで趣向を凝らして、ということでしょう。その点も、秘色青磁が『うつほ物語』の滋野真菅や末摘花の邸で、日常の食器となっていた例とは趣を異にしています。瑠璃は仏教行事に使われないまでも、やはり格の高いセレモニーの小道具にふさわしい唐物なのです。

藤原の瑠璃君

ところで、『源氏物語』には、ガラス器を指すのではない「瑠璃」の例もあります。第四章の大宰府交易でもふれた所ですが、長谷寺参詣で、玉鬘が母夕顔に仕えていた右近に再会する場面に出てきます。

たびたび長谷寺に詣でて再会をはたした右近は、寺の僧に、いつものように願文を頼む際に、こんなふうに言っています。「例の藤原の瑠璃君といふが御ために奉る。よく祈り申したまへ」（いつもの藤原の瑠璃君というお方のために奉ります。よくお祈り申し上げてください）と。

ここでの瑠璃君とは、ずばり玉鬘の幼名を指しています。もとより右近が知っているのですから、玉鬘が筑紫にさすらう前にこう呼ばれていたことがわかります。瑠璃と名づけられたのは、その聖なるイメージを意識し、瑠璃のように美しく成長してほしいという願いをこめた命名ではなかったでしょうか。

そして、ガラス玉のように国産で製作されたものは別として、瑠璃が大宰府を経由してもたらされた貴重な唐物であったことを思うと、玉鬘がやはり筑紫から京に入り、やがて六条院に引き取られるという数奇な運命と一致します。それを先取りするかのような幼名であったとも考えられます。

光源氏は玉鬘を引き取る時、六条院に求婚者たちをあつめる「くさはひ」(種)にしたいと語っていますが、玉鬘はまさに六条院にとって、舶来の瑠璃のように貴重で輝きに満ちた存在でした。そして、その期待通り、玉鬘は多くの貴公子の関心を集めて、それぱかりか養父の光源氏さえも、その魅力の虜《とりこ》になってしまいます。

このように見てくると、瑠璃は玉鬘の幼名となったように、仏具や食器にかぎらず、王朝の生活を華麗に彩り、燦然《さんぜん》と輝きつづけたブランド品といえるのではないでしょうか。

仏舎利の壺として渡来した時期から、仏事に限らず高価なギフトの容器となり、また祝宴の食器・酒器として珍重された、そんなブランド品のイメージを平安文学のそこかしこに見とどけることができるのです。

＊

次章では、舶来ブランド品の中で瑠璃と同じく食器として使われた青磁の陶器にスポットを当ててみたいと思います。

第八章　王朝のブランド陶器

王朝のブランド陶器とは

平安の貴族にとって、あこがれの陶器の代表は何だったのでしょうか。答えは、中国の越州窯《えっしゅうよう》（浙江《せっこう》省、上海より少し南）で作られた青磁、特にその高級品の秘色《ひそく》青磁でした。

秘色青磁とは、大宰府経由の唐物交易でもたらされた人気商品で、『源氏物語』末摘花巻にも、末摘花が使っていた食器について「御台、秘色やうの唐土のものなれど」（お膳の上の、秘色青磁らしい食器は中国渡来のものであるけれど）とあります。青磁が日本で本格的に焼かれるようになったのは戦国時代（秀吉の朝鮮出兵）以降で、当時は輸入に頼らざるを得なかったのです。

『枕草子』の有名な「清涼殿の丑寅の隈に」の段でも、青い壺《つぼ》が出てきますが、それも舶来の秘色青磁の壺と推測されます。

高欄のもとに青きかめの大きなるをすゑて、桜の、いみじうおもしろき枝の五尺ばかりなるを、いとおほくさしたれば、高欄の外まで咲きこぼれたる昼方、大納言殿、桜の直衣のすこしなよらかなるに、濃き紫の固紋の指貫、白き御衣ども、うへには濃き綾の、いとあざやかなるを出だして、まゐりたまへるに、

(高欄の所に青磁の瓶の大きいのをすえて、桜の、とても晴れやかに美しい枝の五尺ぐらいなのを、たいへんたくさん挿してあるので、高欄の外まで咲きこぼれている昼ごろ、大納言殿が、桜の直衣の少ししなやかになっているのに、濃い紫の固紋の指貫をはき、幾枚かの白い御下着を着て、上には濃い紅の綾織物の、とても鮮やかなのを出衣にして、参上していらっしゃると、)

この段の「青きかめ」はさりげない言い方ですが、諸注釈によれば、船来の青磁の瓶と指摘されています。

青磁は当時、大宰府を経由して中国の越州窯からの輸入品が多かったのです。その中でも優品とされるのが「秘色」と呼ばれるもので、平安の宮中や貴族の屋敷で珍重された品でした。したがって、ここの「青きかめ」=青磁の瓶も、越州窯青磁であり、「秘色」の可能性がかなり高いといえるでしょう。

ここでは『源氏物語』の世界に入る前に、秘色青磁の歴史について少し説明しておきたいと思います。

越州で作られた秘色青磁は、唐代の漢詩文にもしばしば登場し、「秘色」とは神秘的な色、もしくは特別な色という意味であったようです。しかし、中国でもある時期までは、秘色青磁の存在が文献で確かめられるだけで、その実態がわからなかったそうです。

ところが、一九八七年になって、西安市の西方にある法門寺の発掘調査で、唐時代の地宮（地下宮殿）から唐末の二皇帝の大量の奉納品が発見されたのです。そして、その中に、唐末期の越州窯青磁が数点あり、しかも「秘色」と書かれた紙まで添えられていたのです。この時点ではじめて、まぼろしの陶器である秘色青磁の実態がわかったわけです。

私も以前、法門寺から出土した秘色青磁を鑑賞する機会に恵まれましたが、青磁というには青味が強くなく、まろやかなオリーブ色でした。そして、装飾もそれほど施されていないシンプルな形の器でした。

その時は、そのオリーブ色が、千年以上も時を経て青磁色が退色してしまったものなのか、それとも「秘色」独特の色なのか、判断がつきかねました。しかし、後から調べたところでは、オリーブ色は越州窯青磁の特徴をよく示していたのです。

秘色は、唐代の漢詩文にしばしば登場し、もともとは「玉」の色を表し、その理想から「秘色」の名も出てきたという説があります。つまり神秘的な色、もしくは特別な色の陶器という意味です。しかし、唐の後の呉越国の王が、朝貢交易用の青磁を確保するため、臣下や庶民の使用を禁止したために「秘色」とよばれたという説もあります。

鴻臚館跡展示館の青磁

越州産の青磁器は、日本では大宰府周辺の発掘調査でも多く発掘され、その数量は世界一だそうです。越州窯青磁は大宰府のかつての政庁跡付近ばかりでなく、博多港にずっと近い鴻臚館跡（図８－１）からも多量に発掘されています。

一九八七年の暮れも押し詰まった頃、福岡城跡にある平和台球場で、外野スタンドの改修工事が計画されました。そこで、福岡市教育委員会が試掘調査をしたところ、筑紫の鴻臚館跡が確認されたのです。

奇《く》しくも法門寺の地宮が発掘調査され、「秘色」の器が確認された同じ年のことでした。その後、何度も発掘調査がされ、八世紀から十一世紀にかけての鴻臚館の遺構と遺品が出土したのです。そして一九九八年に平和台球場は取り壊され、現在はその南側に鴻臚館跡展示館が建っています。

筑紫の鴻臚館は、文献の上では、承和六年（八三九）から永承《えいしょう》二年（一〇四七）まで存続が確かめられます。当時、海辺に近い鴻臚館と内陸の大宰府は南北に斜めに走る一本の道で結ばれていました。筑紫の鴻臚館の前身は筑紫館で、訪れた唐・新羅の使や出国する遣唐使・遣新羅使のための宿泊や接待の館でした。

ところが、唐の官制では「鴻臚寺」が、賓客（蕃客《ばんかく》とも。外国からの客人）を接待する役所のことであり、唐風かぶれの嵯峨《さが》天皇の時代から、筑紫館とよばれた客館の名称が鴻臚館に変わったのです。

平安京の鴻臚館は、渤海《ぼっかい》国使との交易や交流の場でした。しかし鴻臚館は、京ばかりでなく筑紫と難波にも設けられていたのです。

しかも、筑紫館から鴻臚館へ名称が変わると共に、公的な使節のための施設から、むしろ訪れた唐や新羅の商人との官交易の窓口へと変貌していきました。

鴻臚館跡の一九八七年以降の発掘調査で、もっとも早い時期の出土品は、八世紀の新羅焼蓋とされます。つづいて九世紀の出土品が西アジアのガラス器で、緑の瓶と透明な坏の破片が発掘されました。イスラム陶器や中国渡来の白磁碗の破片も九世紀のものといわれます。そして、

図８－１　博多の鴻臚館跡展示館　上野百恵氏撮影

十世紀の出土品を代表するのが、越州窯の青磁花文碗（図8－2）です。

訪れた鴻臚館跡の展示館では、越州窯の青磁器が三つの時代に区分されて展示されていました。唐代の九世紀の青磁碗は、釉薬《ゆうやく》もかからず、つやのない仕上がり、十世紀の五代のものは、釉薬のかかった青磁輪花皿、十世紀から十一世紀にかけて五代・北宋とされるものは、釉薬もかかり深さもある青磁碗でした。その模様は、派手でない唐草であったり、花びらを象《かたど》ったものであったり、まちまちです。色あいもオリーブ色、茶褐色、灰色のニュアンスの強いものまで、様々でした。

解説によると、越州窯青磁は越州近くの明州（現在の浙江省寧波《ねいは》）の港から海外に輸出され、西は遠くエジプトのフスタート遺跡まで、その遺品が確認されるそうです。

しかし、大宰府や博多から出土する大量の越州窯青磁が、すべて「秘色」とよばれたかどうか、定かではありません。

むしろ輸入された越州窯青磁は、選別されて「秘色」と呼ぶにふさわしい高級品だけが京に運ばれたのではないでしょうか。鴻臚館や大宰府政庁で日常的に使われたものは、もっとランクの下がる越州窯青磁だったのではないでしょうか。また、「秘色」とよぶに足る唐物であっても、破損したり火災にあえば、商品にもならず、博多周辺から出土することもありえます。

図8－2　博多の青磁花文碗　福岡市埋蔵文化財センター

「秘色」青磁の盛衰

その後、平安京の発掘調査からも、博多周辺ほどではないにしても、越州窯青磁の出土品が多いことがわかってきました。平安京の出土品としては、京都国立博物館に所蔵されている宇治市木幡《こばた》浄妙寺出土の青磁水注（図8－3）があり、時の権力者である藤原北家の所有する秘色の逸品というべきものです。

とはいえ、越州窯青磁、特に「秘色」とよばれるような最高級の唐物の存在を示す文献は、それほど多くはありません。

平安時代の文献では、まず九世紀半ば、来日した唐僧の義空《ぎくう》に宛てた唐商人の徐公祐の書簡に、「越垸」

がみえるのが、越州窯青磁と推定されています。

閏十一月二十四日 謹んで白茶垸五口、越垸子五對、青瓶子一、銅匙三對を奉る。

謹んで献上した品ですので、これは「秘色」とみてよいでしょう。このように九世紀後半から増加した越州窯青磁の輸入は、十世紀には最高潮に達したようです。「秘色」という表現に注目すれば、重明親王《しげあきら》の日記である『李部王記《りほうおうき》』の天暦五年(九五一)六月九日の条にも、「御膳沈香折敷四枚、瓶用秘色」とあります。越州窯青磁の瓶におそらく酒が入って供されたのです。

もっとも『李部王記』に書かれたのは、重明親王の邸の食器ではなく、宮中の公的儀式に使われた例です。十世紀半ばの「秘色」青磁は、宮中の公的儀式に使われるような高級品、貴重な唐物として扱われていたのです。それにしても、重明親王はその瓶が「秘色」であることをわかっていたわけです。

平安文学の世界では、『源氏物語』に先行する『うつほ物語』に「秘色」の例があります。『うつほ物語』の藤原の君巻には、数々の男性たちの求婚を受けた「あて宮」という美女が登場します。第四章でふれたように、その求婚者の一人に滋野真菅《しげのますげ》という人物がいるのですが、「秘色」の杯を使っているのです。

真菅は大宰大弐に任官して、たっぷり蓄財した後に、帰洛の旅の途上で妻を失い、都に戻って、あて宮の噂を聞きつけて、求婚者となったわけです。年齢も六十歳くらいという老人で、息子も四人、娘も三人もあるというのに、その好色ぶりを『うつほ物語』は戯画的に描いています。

ぬしものまゐる。台二よろひ、秘色の杯ども。娘ども、朱の台、金の杯とりてまうのぼる。（藤原の君）

（主人の真菅が食事をしている。台盤が二具、そこに秘色青磁の杯なども並んでいる。真菅の娘たちは朱器の台盤を据えて、金の碗で食事をしようとしている。）

図８－３　浄妙寺出土の青磁水注　京都国立博物館

真菅が食事をしている時に出てくる「秘色の杯」とは、大宰府で交易に係わるなかで得た高価な食器であったに違いありません。

真菅が胸を張って求婚できるのも、大宰大弐の時代に蓄えた財産があるからです。真菅は京と筑紫を往復する筑紫船をもち、娘たちのために唐物の極上の絹を選ばせています。ともあれ、真菅一家がいかに豪勢な生活ぶりであったか、それを象徴するブランド品が「秘色」であったわけです。

しかし、越州窯青磁が「秘色」として平安京でもてはやされた時代は、唐の後の呉越国の衰退とともに翳《かげ》りをみせはじめます。越州窯青磁を盛んに輸出していた呉越国でしたが、国王銭俶《せんしゅく》は、太平興国《たいへいこうこく》三年（九七八）に宋の太宗《たいそう》に領土を献じて臣下となり、その際、多量の越州窯青磁を貢いだといいます。

この時に焼造された「太平戊寅《たいへいぼいん》」銘の青磁が、大宰府の史跡や鴻臚館をはじめ博多周辺や平安京などで出土していますが、これが「秘色」の最後の輝きでした。

その後は越州窯も衰え、十一世紀になると越州窯青磁じたいの輸入量も急速に減ります。平安京に青磁が運ばれることもほとんどなく、「秘色」は次第に流行おくれの品になっていったのです。

末摘花邸の「秘色」

そんな時代を意識して、冒頭でもふれた『源氏物語』の末摘花邸の「秘色」は語られています。末摘花はそもそも故常陸宮《ひたちのみや》の姫君ですが、零落して荒れ果てた邸に住んでいました。琴《きん》の名手と聞いた光源氏は、末摘花に関心を寄せる頭中将へのライバル意識もあって、八月の十六夜《いざよい》の頃、強引に契りを結んでしまいます。ところが、末摘花の手ごたえのなさと浮世離れした古風さに辟易《へきえき》し、しばらく遠ざかっていました。

そして雪の寒い日にようやく末摘花邸を訪れた光源氏は、邸内の様子をまじまじと観察します。そこで、まず彼が目にしたのが、すすけた着物で寒そうな女房たちが、食事をしている姿でした。

御台、秘色やうの唐土のものなれど、人わろきに、何のくさはひもなくあはれげなる、まかでて人々食ふ。（末摘花）

（お膳の上の、秘色青磁らしい食器は中国渡来のものだが、みっともないほど古ぼけて、お食事もこれといった料理もなく貧弱なのを、退がって来て女房たちが食べている。）

「何のくさはひもなく」とは、品数の少なさをいい、ここでは、主人の末摘花に出した貧しい御膳のお下がりを、さらに仕える女房が食べています。でも食器だけは、さすが末摘花に出す御膳なので、光源氏の遠目にも、「秘色やうの唐土のもの」、かつての越州窯青磁の最高級品を使っていることがわかりました。

おそらく父常陸宮が存命の時期に入手したものでしょう。秘色青磁は、大宰大弐など、大宰府の役人からの献上品かもしれませんし、あるいは常陸宮が「秘色」の価値を知っていて、博多に使者を派遣して、私交易で高値で手に入れた品だったかもしれません。でも、いまとなっては、みっともないほど古ぼけた品だったわけです。

この秘色青磁も、もとより光源氏は持っていません。光源氏が所有した舶来の器といえば、前章でみた瑠璃《るり》とよばれるガラス器の方で、こちらは『源氏物語』や他の平安文学でも随所に出てきます。瑠璃といえば、正倉院宝物が有名ですが、平安時代でも、瑠璃の壺や杯はずっとブランド品としてのプラスイメージを持ちつづけます。それとは対照的に、秘色青磁は一時的にはもてはやされますが、やがて時代遅れの品となり、忘れ去られていったのです。

＊

次章では、末摘花にまつわるもう一つの舶来ブランド品、「黒貂《ふるき》の皮衣《かわぎぬ》」という毛皮について見ていきましょう。

第九章　王朝の毛皮ブーム

末摘花の「黒貂の皮衣」

末摘花邸で秘色《ひそく》青磁を目にした光源氏はその夜は泊まって、翌朝これまで見てもいなかった末摘花の容貌を知りたく思い、外の光がさす端近に誘います。そして間近に末摘花を見て、その醜貌に仰天するのです。

その鼻は普賢菩薩《ふげんぼさつ》の乗り物の象を思わせるかのように長く、しかもその先が赤く垂れ下がっています。しかも面長で青白い顔、痛々しいまで痩《や》せた体つきでした。物語は、末摘花の醜貌を余すところなく暴《あば》き立てていきます。一度でも『源氏物語』を読んだ読者ならば、忘れられない場面でしょう。続いて光源氏のまなざしは、末摘花の奇妙な装いにむけられていきます。

着たまへる物どもをさへ言ひたつるも、もの言ひさがなきやうなれど、昔物語にも人の御装束をこそまづ言ひためれ。聴色《ゆるしいろ》のわりなう上白みたる一かさね、なごりなう黒き袿かさねて、表着《うはぎ》には黒貂《ふるき》の皮衣《かはぎぬ》、いときようらにかうばしきを着たまへり。古代のゆゑづきたる御装束なれど、なほ若やかなる女の御よそひには似げなうおどろおどろしきこと、いともてはやされたり。されど、げに、この皮なうて、はた、寒からましと見ゆる御顔ざまなるを、心苦しと見たまふ。（末摘花）
（着ていらっしゃる物まで言い立てるのも、口が悪いようだが、昔物語にも、人のご装束についてはまっ先に述べているようだ。聴し色のひどく色褪せた一襲に、すっかり黒ずんだ袿を重ねて、上着には黒貂の皮衣で、とても美しく香を焚きしめたのを着ていらっしゃる。昔風の由緒ある御装いであるが、やはり若い女性のお召し物としては、似つかわしくなく仰々しいことが、まことに目立っている。しかし、なるほど、この皮衣がなくては、さぞ寒いことだろう、と見えるお顔色なのを、お気の毒だとご覧になる。）

末摘花が着ていたのは、色あせた襲《かさね》の上に、黒ずんだ袿《うちき》、そしてとどめを刺したのは、上に着ていた「黒貂の皮衣」とよばれる毛皮でした（図9－1）。いまでいえば、若者が暖房費を節約するために部屋の中でダウンのジャケットを着ているようなものでしょうか。

この「黒貂の皮衣」はロシアン・セーブルのことで、渤海国《ぼっかいこく》からもたらされた毛皮の最高級でした。しかし黒貂の毛皮は、一昔前に男性が野外で着るような装いであり、末摘花のような若い姫君が着るのはいかにも珍妙で、光源氏は度肝を抜かれたのです。

渤海国交易について

ここで大宰府交易とは違うもう一つの交易ルートである渤海国交易について、簡単に説明しておきましょう。

中国の東北部、朝鮮半島よりさらに北の旧満州国の辺に位置した渤海国は、新羅によって滅ぼされた高句麗《こうくり》の遺民により、六九八年に建国されました。

ですから、渤海国は、日本に対しても、高句麗の後裔《こうえい》として「高麗」を名乗り、国交をもとめてきました。隣国の新羅とは当然、敵対関係にあったので、それだけに唐や日本との友好な関係を築くことで、国家を維持しようとしていたわけです。

図9－1　「黒貂の皮衣」を着た末摘花　与謝野晶子『新譯源氏物語』上巻　中澤弘光挿絵　金尾文淵堂

渤海国が最初に日本に使節を派遣したのは、神亀《じんき》四年（七二七）九月のことでした。出羽に使節八人が到着し、翌年正月には、渤海王の大武芸《だいぶげい》の啓書（国書）を聖武天皇に差し出しました。その際、国書には、高句麗の再興をめざした王権であることと、日本と隣好の交流を求めることが書かれてあり、あわせて貂皮《てんがわ》三百張も献上されました。

渤海国からの日本への使節の来訪は、平安時代にも続き、平安遷都の翌年の延暦《えんりやく》十四年（七九五）十一月には、大欽茂《だいきんも》の後継者の大嵩璘《だいすうりん》からの使節が出羽に到着します。

その後も渤海国の使節の派遣は、醍醐朝の延喜十九年（九一九）まで、なんと二十数回にも及んでいます。

渤海国使の当初の目的は、新羅を牽制《けんせい》しようとする軍事的なものでしたが、平安期に入ると、むしろ交易の利益を求める経済的な目的が主になってきます。渤海からの使節は、日本では朝貢する国使として扱うので、その使節のもたらす物より、日本から返す品物の方がはるかに多かったからです。

また使節は献上品ばかりでなく、交易用にも貂皮など毛皮を多く持ってきていました。

渤海国の使節は日本海を渡り、おおむね出羽から若狭《わかさ》にかけて日本海側に寄岸します。その地で正式の使者と認められると、平安京の鴻臚館に迎え入れられました。晴れて入京を許され、鴻臚館に到着した使節は、まず国書と、信物とよばれる献上品を朝廷に差し出します。

渤海国使の信物の記録はけっして多くはありませんが、貞観《じようがん》十三年（八七一）暮に来朝し、翌年五月に入京した渤海国使の折、大虫皮《だいちゆうひ》（虎皮）・羆皮《ひぐま》各七張・豹皮《ひよう》六張・蜜五斗が信物としてもたらされたことが明らかになっています。この時は、朝廷への正式な信物のほかに、五月二十日にも内蔵寮《くらりよう》と交易をおこない、翌日には平安京の官人、さらに二十二日に京市の商人とも交易しています。さらに大使楊成規《ようせいき》は、清和天皇と皇太子に、別貢物として貂皮や麝香《じやこう》、暗模靴《あんもぐつ》を献上しました。

平安貴族が、貂皮の抜群の毛並みの美しさを愛し、また渤海国使が来朝した時しか手に入らないという希少価値もあって、奢侈品《しやし》（贅沢品《ぜいたく》）としてもてはやしたであろうことは想像にかたくありません。渤海国の使節が入京してから毛皮を買い付けるばかりでなく、使節が入港すると現地に使者を遣わしていち早く買い付ける王臣家や、その手引きで稼ぐ現地の国司まであらわれる始末でした。入手できたのが富裕な貴族層や商人など一部の層に限られたことから、一種のステイタス・シンボル、富と高貴の表象ともなり、平安の毛皮ブームが起きたわけです。

しかし、黒貂をはじめとした毛皮は、単に贅沢気分を味わわせてくれたばかりではありませんでした。この毛皮にはれっきとした実用性があったのです。その理由は、平安京の冬の寒さでした。平城京に比べて、寒い冬を過ごさねばならない貴族たちにとって、特に冬の野外での儀式はこたえました。その防寒の装いとして、黒貂をはじめ毛皮が活躍したのです。

仁和《にんな》元年（八八五）の正月十七日、光孝天皇は建礼門の前で射礼《じゃらい》（弓の競技）という儀式を見たところ、その日の寒さもあってか、貂の毛皮を着た官人たちの姿が目立ち、あわてて禁令を出しています。それは今後、貂皮を着用することは禁止するが、参議（四位以上で御前会議に出られる上級官僚たち）以上は例外とするというものでした。

この禁令を受けてか、延長《えんちょう》五年（九二七）の延喜式の弾正令《だんじょうれい》でも、貴族の毛皮着用の基準が定められています。そこでは、五位以上は虎皮、豹皮は参議以上と三位の非参議、貂皮は参議以上に許すとなっています。平安京の冬の寒さを凌《しの》ぐのに、いかに毛皮が重宝されたかを彷彿《ほうふつ》とさせます。と同時に、それは特に貂皮の着用を上流貴族層に限って、ステイタス・シンボルとして許そうという動きが出てきたことを示しています。

おそらく末摘花が着ていたのは、いまは亡き父常陸宮が大事にしていた黒貂の皮衣だったのでしょう。そして、黒貂の皮衣を着る親王ということで、父常陸宮のモデルを、村上天皇の叔父である重明親王とする説もあります。

『大日本史』の重明親王伝では、延喜十九年（九一九）に来日した最後の渤海国使の時で、大使は裴璆《はいきゅう》であったとしています。入京し、翌年の五月十二日に豊楽殿《ぶらくでん》で開かれた宴で、大使裴璆が自国の貂の皮衣を一枚着て臨んだのに対して、重明親王は黒貂の皮衣を八枚も着て見物したそうです。

『日本三代実録《にほんさんだいじつろく》』や『扶桑略記《ふそうりゃくき》』によれば、もともと渤海国使が京にいる間は、歓迎の意味もあって、高位の者でなくとも、「諸司、官人、雑色人」などが自由に禁制の毛皮を身につけることができたといいます。しかし、それにしても、その時期が旧暦の五月という時期では、一枚皮衣を着るのでさえ、さぞかし暑苦しかったでしょう。もっとも高価な貂の皮衣を八枚も所有していたとは、リッチな親王ですね。

ともあれ「秘色青磁」を日記の『李部王記』に記したあの重明親王でもあり、何かの因縁を感じます。

『竹取物語』の「火鼠の皮衣」

それでは他の平安文学において、黒貂をはじめ毛皮（「皮衣」「裘《かわごろも》」とも）はどのように描かれているか、少し見てみましょう。

「皮衣」というと、まずは『竹取物語』で、かぐや姫が難題の一つとして阿部御主人《あべのみうし》に「火鼠の皮衣」を求めたことが思い浮かびます（図9－2）。もっとも、「火鼠の皮衣」が実態としてどのような品を指すのか、明らかではありません。「火鼠」は、いわば想像上の小動物だからです。

近世の『竹取物語』の注釈書である田中大秀《たなかおおひで》の『竹取翁物語解』では、『神異経《しんいきょう》』『魏志《ぎし》』『水経注《すいけいちゅう》』に記された「火浣布《かかんぷ》」（アスベスト）に注目し、それに関わるものと指摘しています。『和名抄』「毛群部」には火鼠の毛を織って布となすといった表現もあり、「火浣布」の材料として火鼠の存在が想像されたようです。

とはいえ、漢籍の火浣布は織物で、常に白色であるのに、「火鼠の皮衣」は毛皮そのものです。皮衣という発想は、やはり平安前期の黒貂の皮衣の流行を受けての着想ではないでしょうか。

前にふれた仁和元年（八八五）の貂皮の禁令のように、『竹取物語』の成立当時も、着用することへの禁令が出されていて、貴族たちの熱狂ぶりがうかがえるからです。舶来ブランド品を嗜好《しこう》する時代への諷刺《ふうし》意識があって、「火鼠の皮衣」を安易に買い求めようとする阿部御主人が戯画化されたのではないでしょうか。

また唐の商人の王けいが寄こした偽の皮衣は、「金青の色」（明るい藍色）で「金の光」が差すというように、黄金色が強調されています。そこから、黄貂《きてん》の高級品であったという説もあります。仮に黄貂でなくとも、やはり貂皮の流行から発想された難題物なのかもしれません。

『うつほ物語』と『多武峯少将物語』の皮衣

『竹取物語』に続く作り物語の長編『うつほ物語』では、そのものずばり「黒貂の皮衣」が出てきます。蔵開中という巻ですが、師走の半ばに宮中に泊まることを余儀なくされた仲忠が、妻の女一の宮の所に手紙を送り、女一の宮から届いた宿直用の品物が、次のように語られています。

赤色の織物の直垂《ひたたれ》、綾のにも綿入れて、白き綾の袿重ねて、六尺ばかりの黒貂の裘《かはぎぬ》、綾の裏つけて綿入れたる、御包みに包ませたまふ。（蔵開中）

（女一の宮は）赤色の織物の直垂の衾《ふすま》と綾の衾にも綿を入れて、それに白い綾の袿を重ねたものと、六尺ばかりの黒貂の皮衣に綾の裏をつけて綿を入れたものを、宿直物の包みに包ませなさる。）

図9－2　「火鼠の皮衣」を見るかぐや姫と嫗　「竹取物語絵巻」　国立国会図書館

ここでは、「赤色の織物の直垂」

（いまでいえば掻巻《かいまき》でしょうか）に加えて、「六尺ばかりの黒貂の裘」で、綾の裏が付き、綿の入ったものが、防寒用の衣類として送られているわけです。六尺（約百八十センチ）くらいという、ロングコートよりも長い毛皮というのも、みごとですね。師走の寒さを凌ぐ意味では、これ以上ふさわしい品もありません。また、その時、右大将の要職にある仲忠が宮中で身につけてもおかしくない最高級品という意識もあるのでしょう。

『うつほ物語』の成立したのは、十世紀後半、すでに渤海国との交易が終わった時代ですが、黒貂の毛皮は、相変わらず防寒用の衣類であり、同時に上流貴族のステイタスを象徴する品であったわけです。

また、『多武峯《とうのみね》少将物語《しようしようものがたり》』には、藤原高光《たかみつ》が出家して多武峯に移る際に、高光の姉で、村上天皇の中宮である安子《あんし》が山の寒さを心配して、衣服にそえて、黒貂の皮衣を贈ったとあります。

中宮より、くるみ色の御直垂、くちなし染のうちき一重ね、ふるきの皮のおほんぞ、青鈍《あをにび》の指貫、袷《あはせ》の袴、たてまつれ給ふる歌、

「夏なれど山は寒しといふなれはこのかはぎぬそ風はふせがむ

とてなむたてまつる」とあり。御かへし、

山風もふせぎとめつるかはぎぬのうれしきたびに袖ぞぬれぬる

（安子中宮からは、胡桃《くるみ》色の直垂に、梔子《くちなし》で染めた袿を一重ね、黒貂の皮衣、青鈍《あおにび》色の指貫。袷の袴をお贈りになり、添えられた歌には、

夏でも山は寒いということですので、この黒貂の皮衣が風の寒さをふせいでくれることでしょう

と思って差し上げます、とある。返歌は、

山風をふせいでくれる皮衣が嬉しいので、その都度、袖がうれし涙で濡れます。）

『多武峯少将物語』は、応和《おうわ》元年（九六一）十二月から翌年八月までのことを記しているので、やはりこれも、渤海国から毛皮の輸入が途絶えた後の時期の歌です。しかし、歌に詠まれたのは、黒貂の「皮衣」が中心で、防寒用の貴重な品として意識され、大切に使われていたことがうかがえます。

末摘花のその後

しかし、末摘花巻での光源氏の評価は否定的で、末摘花や仕える者たちにまで、少しはまともな装いをしなさいとばかり、衣料を贈っています。

黒貂の皮ならぬ絹、綾、綿など、老人どもの着るべき物のたぐひ、かの翁のためまで上下思しやりて奉りたまふ。（末摘花）

（黒貂の皮衣ではない、絹、綾、綿など、老女房たちが着るための衣類、あの老人のための物まで、身分の上下をお考えに入れて差し上げなさる。）

この「黒貂の皮ならぬ絹・綾・綿」には意味深長というか、光源氏の皮肉がこめられているのかもしれません。なぜなら「絹・綾・綿」とは、黒貂の皮衣をはじめ渤海国からの献上品に対する、日本から渤海への返礼の品々だったからです。延喜式の規定に拠《よ》れば、「絹三十疋《ひき》・絁《あしぎぬ》三十疋・糸二百絇《く》・綿三百屯《とん》」でした。ちなみに綿をふくめて、それらはすべて絹製品でした。「黒貂の皮ならぬ絹・綾・綿」という表現は、かつての渤海国との朝貢交易を光源氏が意識しながら、平安京の邸らしく、まともな装いをしなさいとばかり贈っているわけです。ひと昔前の最高級の舶載品はあっても、いまは「絹・綾・綿」といった国産で、普通の貴族の家には揃っているような必要品には事欠くという末摘花邸の窮状が、そこに示されているわけです（図9―3）。

後の初音巻では、末摘花はその大事な黒貂の皮衣を兄の醍醐の阿闍梨《あじゃり》に取られたと嘆いています。兄の阿闍梨も、『多武峯少将物語』の出家後の高光のように、山籠り

の生活は一段と寒いので、黒貂の皮衣が欲しかったのでしょう。嘆く末摘花に対して、光源氏は、

皮衣はいとよし。山伏の蓑代衣《みのしろごろも》に譲りたまへてあへなむ。（初音）

（皮衣はもうよいのです。お兄様の蓑代衣にお譲りになって、ちょうどよいでしょう。）

図９－３　随身に雪を払わせる光源氏と皮衣を着た末摘花　土佐光信「源氏物語画帖」末摘花　ハーバード大学美術館

とすげない返事をします。黒貂の皮衣といった時代遅れの、しかも男性用の装いなどしないで、人並みの服装をしなさいと光源氏はたしなめたわけです。

光源氏はもとより黒貂の皮衣を所有していません。『うつほ物語』のヒーロー仲忠が、黒貂の皮衣を最高級の宿直物として使ったような時代はもはや終わりを告げたのです。それが、

『うつほ物語』と『源氏物語』の時代差といえるでしょう。

くり返しになりますが、歴史を振り返れば、貂皮がエキゾチックな交易品であり、富と高貴さと権力のステイタス・シンボルであったことは、平安王朝にとどまらず、中国の歴代王朝をはじめ古今東西に通じるものでした。

しかし、『源氏物語』では、末摘花を箔《はく》づけるどころか、一貫してマイナスのイメージを担い、笑いを誘う古風な品にとどまっています。セレブにふさわしい威信財であったはずの黒貂の皮衣も、あくまで時代遅れの品、そして若い女性にはまったく似合わない装いであり、嘲笑の対象となったのです。

＊

末摘花の黒貂の皮衣を話題にしたついでに、次章では渤海国と桐壺巻の関わり、続いて紫式部とその父為時とのつながりについて、お話ししてみたいと思います。

第十章　渤海国と桐壺巻の「高麗人」

じつは渤海国《ぼっかい》の使節は、『源氏物語』では早くも桐壺巻から登場しています。渤海国人は「高麗人《こまうど》」とよばれていて、七歳の光源氏に不思議な予言をあたえています。まずは桐壺巻のその場面を振り返ってみましょう。

高麗人の予言

そのころ、高麗人の参れる中に、かしこき相人《さうにん》ありけるを聞こしめして、宮の内に召さむことは宇多帝《うだのみかど》の御 誡《いましめ》あれば、いみじう忍びてこの皇子を鴻臚館《こうろくわん》に遣はしたり。御後見《うしろみ》だちて仕うまつる右大弁《うだいべん》の子のやうに思はせて率《ゐ》てたてまつるに、相人おどろきて、あまたたび傾《かたぶ》きあやしぶ。「国の親となりて、帝王の上なき位にのぼるべき相《さう》おはします人の、そなたにて見れば、乱れ憂《うれ》ふることやあらむ。朝廷《おほやけ》のかためとなりて、天《あめ》の下《した》を輔《たす》くる方にて見れば、またその相違《さうたが》ふべし」と言ふ。（桐壺）

（その当時、高麗人が来朝していた中に、優れた人相見がいたのを桐壺帝はお聞きあそばして、内裏の内に召し入れることは宇多帝の御遺誡があるのでやめて、たいそう人目を忍んで、この第二皇子を鴻臚館にお遣わしになった。後見役のようにしてお仕えする右大弁の子供のように思わせてお連れ申し上げると、人相見は目を見張って、何度も首を傾けて不思議がる。「国の親となって帝王という最高の位にのぼるはずの相のおありになる方であるが、さてそういう方として見ると、世が乱れ民の苦しむことがあるかもしれません。ただ朝廷の柱石となって、天下の政治を補佐するという方として判断すると、またその相が合わないようです」と言う。)

桐壺帝は、第二皇子(のちの光源氏)が七歳の時、その将来を案じ、「高麗人」の中にすぐれた「相人」(人相見)がいると聞いて、占わせようとしました。しかし、「高麗人」を宮中に召すことは、「宇多帝の御遺誡」(『寛平御遺誡《かんぴょうのごゆいかい》』)があるので遠慮し、後見の右大弁とともに、第二皇子を鴻臚館という平安京の迎賓館に行かせることにしました(図10―1)。

そして高麗人から告げられたのは、摩訶《まか》不思議な予言でした。帝位に就くべき人相だが、即位すれば「乱憂」、つまり国が乱れる事態をまねくかもしれない。かといって臣下になって朝廷の政治を補佐する立場になる人相とも違うようである、というのです。聞いた人は、これでは天皇の位に即《つ》けることはできない、とはいえ臣下にすることもできないと判断に迷うでしょう。

しかし、それを聞いた桐壺帝は「相人はまことにかしこかりけり」（人相見はほんとうに優れている）と感嘆し、主人公に源氏の姓を与えて、臣下に降《くだ》してしまいます。物語の展開を先取りして言えば、「帝王の相」でありながら、源氏の姓をあたえられ臣籍降下した主人公は、男性官人の道を歩み、その半生をかけて太政大臣、さらに「太上天皇」（上皇）に準じた待遇を得ます（藤裏葉巻）。臣下にくだっても、臣下で終わる人相ではないという高麗人の予言はまさに実現したのです。

図10－1　鴻臚館で高麗人と対面する光源氏　土佐光吉「源氏物語手鑑」桐壺一　久保惣記念美術館

ところで「高麗人」という表記からは、九三五年に新羅を滅ぼし、朝鮮を統一した高麗《こうらい》国からの来訪者をイメージさせます。実際そのような説が有望視された時期もありました。『源氏物語』が成立した一条天皇の時代、朝鮮半島を支配していたのは、まぎれもなく高麗国であったからです。しかし、高麗国と日本の間では、ついに正式な国交は開かれず、鴻臚

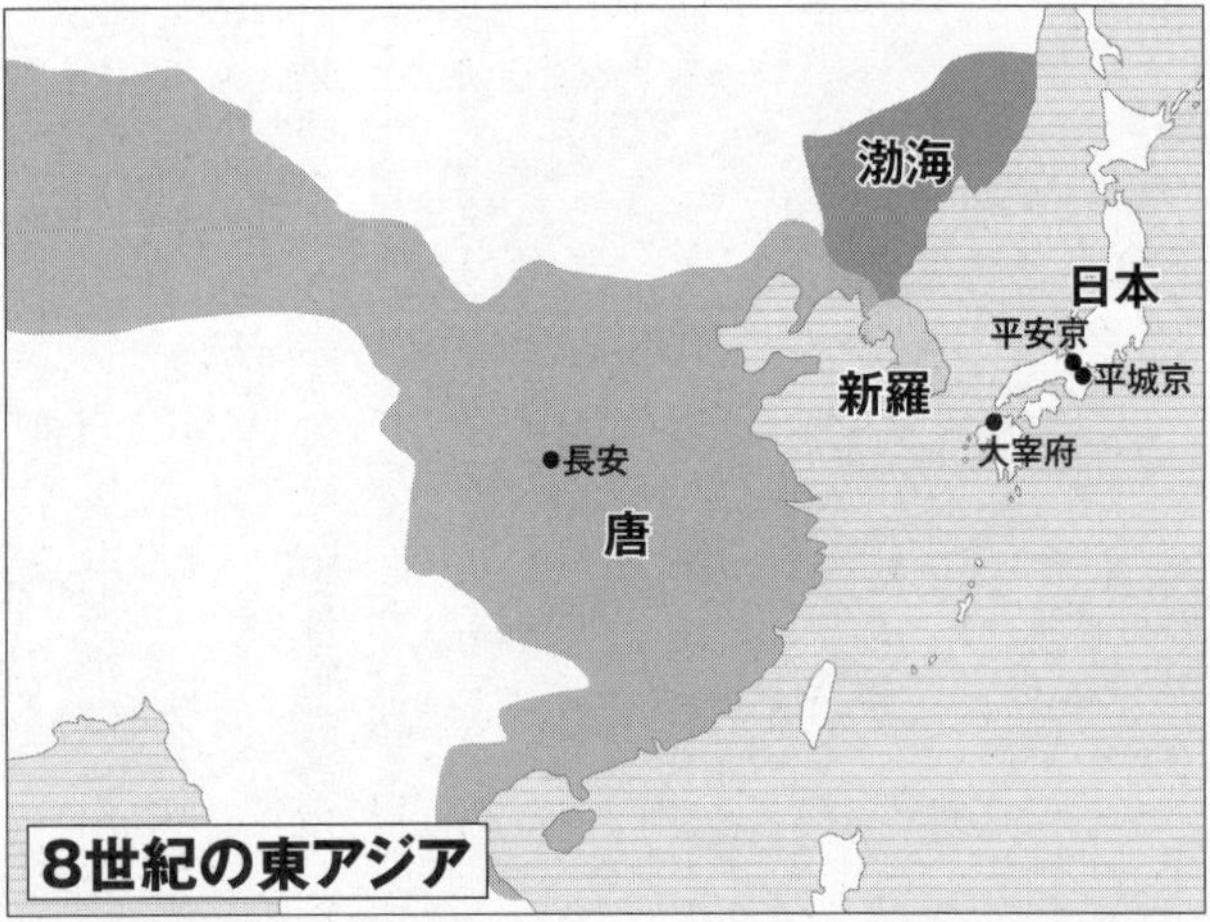

図10－２　八世紀の東アジアの地図　（角川選書『光源氏が愛した王朝ブランド品』 29頁）

館に高麗国の使節が滞在したこともなかったのです。

それでは、この「高麗人」が高麗国より前の新羅からの使節かといえば、それも無理があるようです。新羅と日本の間には当初、正式な国交があったものの、七世紀後半から険悪な関係になり、平安時代には国交も途絶えていたからです。つまり「高麗人」は新羅の北方に位置する渤海国（六九八―九二六）からの使節だったわけです（図10－２）。

謎の国、渤海

渤海国は謎めいた国です。七世紀の終わりに建国され、唐を模倣した文化的国家としてみるみるうちに頭角をあらわしたのですが、十世紀初頭に滅び、後代に継承する国を持たなかったのです。

そんな謎めいた国家なので、日本でも一九九〇年以降、渤海国ブームが巻き起こりました。渤海国の歴史や、日本との交流についても、その時期に調査が飛躍的に進展し、上田雄《たけし》『渤海国の謎』（講談社現代新書）、中西進・安田喜憲編『謎の王国・渤海』（角川選書）などが出版されたのです。こうした本により、当時の渤海国の使節との交流や交易がいかなるものであったのか、その実態がかなり判明しました。その一部を前章ではご紹介したわけです。

ここで『源氏物語』に話をもどしますと、桐壺巻での第二皇子（後の光源氏）と高麗の相人との対面では、前半の高麗人の謎めいた予言ばかりがクローズアップされてきた感があります。

しかし、渤海国の使節との文化交流や交易という面では、むしろ後半の相人と右大弁と第二皇子が漢詩を作り交わし、相人が第二皇子の素晴らしさを賛美して、渤海国から持参した品々を多く贈ったという一節の方が、はるかに興味ぶかい問題をはらんでいます。

弁も、いと才かしこき博士にて、言ひかはしたることどもなむいと興ありける。

文など作りかはして、今日明日帰り去りなむとするに、かくありがたき人に対面したるよろこび、かへりては悲しかるべき心ばへをおもしろく作りたるに、皇子もいとあはれなる句を作りたまへるを、限りならめでたてまつりて、いみじき贈物どもを捧げたてまつる。朝廷よりも多くの物賜す。（桐壺）

（右大弁も、たいそう優れた学識人なので、話し合った内容は、たいへんに興味深いものであった。漢詩文などを作り交わして、今日明日のうちにも帰国する時に、このようにめったにない人に対面した喜びや、かえって悲しい思いがするにちがいないという思いを趣き深く漢詩に作ったのに対して、第二皇子もたいそう心を打つ詩句をお作りになったので、この上なく賛美もうしあげて、素晴らしい贈り物をいろいろと差し上げる。朝廷からもたくさんの贈り物を下賜なさる。）

高麗の相人と右大弁と第二皇子（のちの光源氏）が漢詩を詠み交わしているのですが、これは渤海国使と接待役の文人が漢詩によって交流していたという歴史を踏まえているのです。

漢詩による文化交流

渤海国使を迎えて、入京から帰国までの接待役には、眉目秀麗《びもくしゅうれい》で漢詩文に熟達した文人が選ばれました。そして、互いに共通理解のできる漢詩文を贈答することで、意志疎通をはかっていたのです。

特に嵯峨天皇が渤海国使の来朝を歓迎したこともあって、その時代は宮中で漢詩の宴がしばしば開かれました。弘仁《こうにん》十二年（八二一）、来朝した渤海国使が豊楽殿での宴席で打毬《だきゅう》（ポロのような球技）を披露しますが、それに感激した嵯峨上皇と滋野貞主《しげののさだぬし》の漢詩が『経国集』に残されています。

弘仁期と並んで貞観期（八五九―八七六）も文化交流は盛んで、貞観十三年（八七一）十二月に渤海国使が来朝した折には、詩人としても官人としても頭角をあらわしはじめた菅原道真や都良香《みやこのよしか》が存問渤海客使《そんもんぼっかいきゃくし》・掌渤海客使《しょうぼっかいきゃくし》といった接待役に選ばれています。

また元慶《がんぎょう》六年（八八二）に渤海国大使の裴頲《はいてい》が来朝した際にも、菅原道真と島田忠臣《しまだのただおみ》という当代に並び称された文人が接待役となり、鴻臚館の送別の宴で交わした漢詩が、『菅家文草《かんけぶんそう》』（道真の家集）や『田氏家集《でんしかしゅう》』（忠臣の家集）に十六首も残されています。

菅原道真はこの折、大使の裴頲をはじめ渤海国使が作った漢詩五十九首を軸に編集して、「鴻臚館贈答詩序」という序文をつけ、裴頲に贈っています。その序に拠《よ》れば、裴頲には詩才があるので、道真は島田忠臣と相談の上、あらかじめ準備せず、その場で即興の詩をつくり、日本の風雅の水準の高さを示そうとしたのです（『菅家文草』巻七）。

高麗の相人の光源氏への素晴らしい贈り物は、渤海国から日本にもたらされた朝貢品や交易品を連想させます。朝廷に収める「信物」や交易品の「遠物」の毛皮類より、かつて渤海国大使の楊成規が清和天皇と皇太子に洒落た品を「別貢物」として献上したように、そんなイメージで捉えるべきかもしれません。この贈り物が、後の梅枝巻で高麗人からもらった「綾・緋金錦」につながることは、第三章でみた通りです。

しかし、渤海国はやがて衰亡し、その使節は延喜十九年（九一九）を境に日本に来なくなり、ついに九二六年に滅亡します。平安の都の鴻臚館を舞台とした両国の文化交流や交易も途絶えたのです（図10－3）。

「光る君」の名づけ親

ところで、桐壺巻を読み進めていくと、巻の最後にもう一度、高麗人が登場します。

光る君といふ名は、高麗人のめできこえてつけたてまつりけるとぞ言ひ伝へたるとなむ。（桐壺）

（「光る君」という名前は、高麗人が賛美申し上げてお付けしたものだと、言い伝えているとのことである。）

とあり、高麗の相人が主人公を賛美して、「光る君」の呼び名をつけたと伝えられているというのです。高麗の相人が和語を話せるわけではないので、それは漢語の「光《こう》君《くん》」であったと思います。

桐壺巻には「世の人」が主人公の美しさを賛美して「光る君」と呼んだともありますから、高麗人のつけた「光君」を世の人が伝え聞いて、和語の「光る君」に換えて呼びならわしたのではないでしょうか。

図10－3　平安京の東鴻臚館跡の石碑
島原伝統保存会　上野百恵氏撮影

ちなみに二〇二四年の大河ドラマのタイトルは「光る君へ」で、「光源氏へ」ではありません。NHKのサイトでは、

紫式部が誰をモデルとして光源氏像を打ち立てたかにつ

いては、諸説ありますが、その有力なひとりが藤原道長です。タイトルの「光る君へ」は、我が手で生み出した、かけがえのない【源氏物語】、そしてこのドラマ全編を通じて、ときに惹《ひ》かれ、ときに離れ、陰に陽に強く影響し合うソウルメイト【藤原道長】への、紫式部の深くつきることのない想いを表します。

とあります。たしかに『源氏物語』の主人公に道長のイメージを重ねるのであれば、道長は藤原氏で源氏ではありませんから、「光源氏へ」というタイトルはふさわしくないわけです。

ところが、『源氏物語』を読むかぎり、「光る君」は「光（る）源氏」を呼び替えたというにとどまらない明確な使い分けがあります。『源氏物語』の最初の桐壺巻で出てくるのは、「光る君」の呼び名であって、「光源氏」が出てくるのは、その次の帚木《ははきぎ》巻の冒頭なのです（図10－4）。

光る源氏、名のみことごとしう、言ひ消たれたまふ咎《とが》多かなるに、いとど、かかるすき事どもを末の世にも聞きつたへて、軽びたる名をや流さむと、忍びたまひける隠ろへごとをさへ語りつたへけん人のもの言ひさがなさよ。

(光る源氏と、名前だけはご大層だが、非難されなさる取り沙汰が多いというのに、そのうえさらに、このような好色沙汰を、後世にも聞き伝わって、軽薄である浮き名を流すことになろうかと、隠していらっしゃった秘密事までを、語り伝えたという人のおしゃべりの意地の悪いことよ。)

図10－4　帚木巻の光源氏(左上)　土佐光吉「源氏物語手鑑」帚木一　久保惣記念美術館

この冒頭をみると、「光る源氏」とは、主人公の無類の容貌の美しさをあらわし、それゆえに巷《ちまた》の人々に騒がれ、色恋沙汰が多いという印象です。このほかにも、「光る源氏」の用例は『源氏物語』の中で四例ほどありますが、それらもプレーボーイ、もて男の主人公の輝ける青春時代を象徴する呼び名で、そのように回顧されています。

つまり「光（る）源氏」という呼び方は、主人公の颯爽《さっそう》とした青春期をイメージさせ、賜姓源氏で美貌かつ色好みの貴公子像にふさわしいものです。対して、「光る君」は主人公の全生涯をつらぬく呼び名であり、この世の光となり君臨するといった、より正統なイメージを担っています。

『源氏物語』の主人公は、高麗人の予言を聞いた父桐壺帝の英断により、皇太子にも親王にもならず、賜姓源氏へ降ろされ、ここに臣下である光源氏が誕生しました。その限りで、主人公の即位への道は、絶望的なまでに閉ざされたかにみえます。

しかし、そのマイナスイメージをはね返すかのように、桐壺巻の最後では、高麗人から、中国の皇帝に賛辞として用いられる漢語の「光」を使った「光君」の命名があったことが明らかにされます。それは言い換えれば、彼が得られなかった「ヒツギノミコ」（皇太子）という称号の代償なのではないでしょうか。

主人公が帝王相でありながら、帝位に就けば乱憂があると予言した高麗人であればこそ、その代償として「光る君」の呼称を奉ったとも考えられます。主人公が臣下に降りながら、紆余曲折《うよきょくせつ》を経て、太上天皇（上皇）に準じる待遇を得るという栄華の物語。彼が失った皇位継承が別の形で補完されるという物語の始発にふさわしく、「光る君」の命名伝承があったわけです。

高麗人という東アジア世界の来訪者との出会いは、その予言、文化交流、贈与の場面ばかりか、命名伝承のエピソードにまで関わり、主人公の生涯の起点をかたどるべく設定されたといえるでしょう。

それにしても物語は渤海からの来訪者に予言をさせ、異国の品を贈り、生涯の呼び名をつけるという重い役割を担わせました。じつは主人公が高麗人と漢詩を作り交わすという場面は、『うつほ物語』の最初にもあります。清原俊蔭《としかげ》という「俊蔭巻」の主人公が七歳の時、父の清原王に連れられて高麗人と対面し、漢詩を作ったというエピソードで、桐壺巻のモデルとされています。

しかし『うつほ物語』では、俊蔭が七歳にして漢詩を詠んだという早熟ぶりをアピールするだけで、対する高麗人が桐壺巻のように重要な役割をはたしたわけではありません。

さらにいえば、紫式部の生きた時代に高麗人、すなわち渤海国の使節は来朝していません。渤海国は九二六年に滅んでいますし、日本に来朝した最後は九一九年です。

もっとも『源氏物語』は昔のことを語るという建前で、いわば歴史小説ですし、桐壺巻は紫式部の一条朝をより、約百年前の醍醐天皇の時代をイメージさせると『河海抄《かかいしょう》』など古い注釈書でも言われてきました。ですので、渤海国の使節が出てきてもおかしくはないわけです。

＊

それにしても渤海国使の高麗人にかくまで重い役割を負わせた紫式部は、渤海国との交流・交易の歴史に人並み以上に通じていたことは間違いありません。それはどうして可能になったのでしょうか。じつは紫式部の父為時の存在や、越前国への同行が大きな契機となったと推測できます。しかし話が長くなるので、その経緯は次章のテーマにしましょう。

第十一章　紫式部の越前下向と対外意識

父為時と高麗人

紫式部と高麗人がどのようにつながるのか、それを考えるヒントをあたえてくれるのが、中世の歴史物語の『今鏡』です。後の時代の成立ですが、為時の越前下向について、次のようなエピソードを伝えています（「むかしがたり」第九）。ちなみに『今鏡』は語り手が紫式部に仕えた女房であったという設定です。原文を交えながら、現代語訳を中心に紹介してみます。

昔、私がお仕えした紫式部の親でいらっしゃった越後守（越前守の間違いか、あるいは後の官職名で語った）が、県召《あがためし》に淡路守になったのを、たいそう辛くお思いになって、女房にことづけて奏上なさった文に、

苦学の寒夜に紅涙襟をうるほし

除目の春あした蒼天まなこにあり

（重く用いられんと苦しい学問に励んだ寒夜は、あまりの辛さにこぼれる血の涙に襟がぬ

れてしまった。そのように励んだ学問も認められず、意に満たない地位しか与えられなかったこの除目の日の春朝、天を仰いで嘆息する私の眼には、蒼い空が虚ろに映っているだけだ。）

とお書きになっていたのを、一条天皇がご覧になって、夜の御殿にお入りになって、御衾を頭からかぶって臥していらっしゃったところ、御堂の関白（道長）が参上なさって「これはどうしたことだ」とお尋ねになったので、女房が、「為時が奉ってありました文をご覧になってから、御寝所にひきこもってしまわれた」由を申しあげると、「たいそう気の毒なことよ」とおっしゃって、源国盛という者をお呼びになって、「越前守に任じてくださったのを返上申しあげる由の文を書いて奉りなさい」とおっしゃって、為時に越前守をお命じになったので、帝の結ばれていたお心はお解けになって、

「高麗人《こまうど》と文作り交はさせむ」（高麗人と漢詩を作り交わさせてみたい）と一条天皇がお思いになっていらっしゃったご様子があったのにあわせて、為時は越前の国にくだり、「唐人」と詩文を贈答なさったのでした。

国を去りて三年、孤館に月、帰程は万里なれど片帆の風

（国を去って三年、あなたは一人客館に月を眺めて故国を思っておられるであろう。帰途は万里の道のりであるが、片よせた帆に順風が吹けば帰ることもできましょう。）

また、

画鼓雷奔《はしり》して天雨降らず、彩旗雲そびえて地風をなす

（色どりを施した鼓が鳴るように雷が鳴り、稲妻が走るが、まだ雨は降って来ない。美しい旗のような雲がわき上がり、地には風が吹いて来た。）

などという詩であったとお聞きしました。

この話の前半は、しばらく官職から遠ざかっていた紫式部の父為時が最初、淡路国（大国・上国・中国・下国と区別される中で下国）の国守に任命された。そこで落胆した為時は中文を作り、一条天皇に愁訴《しゅうそ》したので、天皇も気の毒に思って清涼殿の夜御殿に引きこもってしまった。それを知った道長が、為時が越前国（大国）の国守になるよう取り計らったというものです。

そして話の後半では、一条天皇が為時のような人物に「高麗人」と漢詩を贈答させたいと願ったのが叶って、越前で「唐人」と漢詩の贈答があったと記します。

宣孝との贈答

注目されるのは当時、越前に「唐人」がいたらしいことです。『紫式部集』には、紫式部が越前国に滞在していた時期に、後に夫となる宣孝との贈答が次のように残さ

れています。

年かへりて、「唐人《からびと》見に行かむ」といひけたりる人の「春は解《と》くるものといかで知らせたてまつらむ」といひたるに、

春なれど白嶺《しらね》のみゆきいやつもり解くべきほどのいつとなきかな（二八）

（新年になって、「唐人を見に行こう」と言っていた人が、「春は雪と同様、心も解けるものと、何とかしてお知らせいたしたい」と言ってきたので、

春とはなりましたが、白山の深雪はますます降り積もって、いつ雪解けとなるかは分かりません）

つれない紫式部の心を解かして、何とか自分の方に振り向かせたいと思う宣孝です。「春になったら越前に「唐人」を見に行きましょう。春という季節はつれない人の心も雪解けのように解けることを知ってほしい」、要するに自分の求愛に応えてほしいと都から手紙を送るのです。しかし紫式部は、「春になっても越前の白山の雪はますます深くなるように、私の心もいつ解けるかどうか、わかりません」とつれなく切り返すのです（図11－1）。

二人の関係はそれとして、注目されるのは宣孝の「唐人見に行かむ」という言葉で

す。史実とつき合わせると、長徳元年（九九五）九月に宋の商人七十余人が若狭国に漂着しながら、都に入れず、越前国に移されたということがありました（『日本紀略』・『百練抄』）。越前国のどこに移されたか、定かではありませんが、かつて渤海国使が入京まで滞在した敦賀《つるが》の松原客館ではないかという説が有望視されています。

実際、紫式部の父為時は翌年に越前守になって、この宋人たちに会いに行き、漢詩の贈答をしています。一条朝の漢詩集の『本朝麗藻《ほんちょうれいそう》』下巻には、宋人の羌世昌《きょうせいしょう》（『宋史』「外国伝」にみえる周世昌《しゅうせいしょう》のことか）に贈った為時の漢詩が残されています。その詩の題は、「覲謁《きんえつ》之後、以レ詩贈二太宋客羌世昌一」（覲謁の後、詩を以《も》て太宋《たいそう》の客羌世昌《かくきやうせいしやう》に贈《おく》る）というものです。そして『今鏡』が伝える漢詩の「画鼓雷奔して天雨降らず、彩旗雲そびえて地風をなす」の句は、まさしく『本朝麗藻』のこの詩の一節な

図11－1　越前市・紫式部公園　上野百恵氏撮影

のです。

道長が自分の乳母の子でもある源国盛の越前守赴任を辞退させたのは、一条天皇への配慮ばかりでなく、こうした宋人たちへの対応に朝廷が苦慮していて、文人で漢文の書ける為時ならばそれなりに対応できるのではないかという期待もあった、という説もあります。

『散華』と『紫式部物語』

そしてこのエピソードは、紫式部にまつわる現代小説でも取り上げられています。杉本苑子《そのこ》の歴史小説、『散華―紫式部の生涯』では、為時が越前に下向する旅の途中、敦賀で宋からの漂流民と対面することになり、リーダー格の羌世昌と筆談します。その時、紫式部も女房たちと壁代の隙間からのぞき見るという話になっています。さらに翌年の長徳三年（九九七）春には羌世昌らの帰国の便宜をはかってやり、送別の詩まで贈るというエピソードが記されています。

アメリカの文化人類学者であるライザ・ダルビーの小説、『紫式部物語―その恋と生涯』も、「明國」なる章をもうけて、父為時と唐土の公使である周世昌の出会いや漢詩の贈答を描いています。ダルビーが、杉本苑子の『散華』の挿話の存在を知っていたのか否か、定かではありません。

ただ「明國」に続く「雪月」「東風」「唐物語」の章では、さらに大胆に、周世昌の息子である明國と紫式部の国境をこえた恋物語を延々と語っていくのです。二人の恋は、やがて周親子の帰国によりピリオドが打たれます。

もとより周明國は、ダルビーの作り出した架空の人物であり、紫式部との出会いも架空の恋物語にほかなりません。ただ『紫式部物語』では、紫式部は明國との出会いにより唐土の文化にふれ、様々なカルチャーショックを受けて、それが後に『源氏物語』の創作に活かされていくという話となっています。

図11－2　紫式部公園の紫式部像の碑　上野百恵氏撮影

杉本苑子の『散華』のように紫式部が父為時と宋人との対面をのぞき見たのか、ダルビーの『紫式部物語』のように恋物語といかないまでも宋人と対面したのか、定かではありません。しかし少なくとも父から宋人と対面した折の話は聞いていたに違いありません(図11－2)。

越前国と渤海国使

『今鏡』に戻って、それにしても紫式部に仕えた女房という語り手は、なぜ一条天皇が為時に「唐人」ではなく、「高麗人」と漢詩を贈答させたいと願ったと語るのでしょうか。越前国に宋船が着岸することがあったにせよ、朝鮮半島からの来訪者（当時の高麗国）のほうが多い土地柄ゆえなのでしょうか。しかし、『今鏡』が語り手を紫式部に仕えた女房という設定にしたことを思い出すと、この「高麗人」は、『源氏物語』の桐壺巻の「高麗人」を意識しているのではないかと思うのです。

前章のくり返しになりますが、『源氏物語』は渤海からの来訪者「高麗人」に、主人公の将来を決める予言をさせ、漢詩を作り交わして異国の品を贈り、生涯の呼び名さえつけさせるという重い役割を担わせました。それができたのも、紫式部が越前に滞在し、かつて渤海国使を受け入れた土地柄ゆえに、その交流の歴史にも思いを馳《は》せたのではないでしょうか。

渤海国の使節は、都の鴻臚館に入る前は、越前にあった松原客館に滞在することもあったのです。記録ではっきりしているのは、延喜一九（九一九）に来朝した最後の渤海国使がその客館に滞在していることです。若狭国の丹生浦《にうら》に来航した渤海国使一〇五人は越前国の「松原駅館」（松原客館）に移されました。

九世紀から十世紀にかけて越前国の役人には島田忠臣のほか、都良香（役職は権《ごんの》介《すけ》）、橘広相《たちばなのひろみ》（権少掾《ごんのしょうじょう》）、藤原佐世《すけよ》（大掾《だいじょう》）、三善清行（権少目《ごんのしょうさかん》）、紀貫之（権少掾）、大江朝綱（介《すけ》）など、漢学に卓越した文人が任命されたのも、渤海国使の来航にかかわり、それに応対できる能力が評価されてのことでした。

思えば為時が詠んだ漢詩も、「国を去りて三年、孤館に月、帰程は万里なれど片帆の風」など、宋の商人に向けてというより、その昔、渤海国使に接待役の文人達が詠みかけた送別詩の伝統を踏まえたものでした。その点から、桐壺巻の高麗人の予言の場面で、光源氏に付き添った右大弁（図11－3）のモデルは左大弁の菅原道真ではなく、為時その人であったという説もあるほどです。

いずれにしても、紫式部は越前の国府に滞在し、父為時から宋人の動静を聞き、またかつての渤海国使の来訪の歴史を知っ

図11－3　高麗人（右）と光源氏と右大弁（左）　海北友雪「源氏物語絵巻」桐壺　メトロポリタン美術館

たのではないでしょうか。紫式部にとって、父の下向に伴われ、一年半とはいえ異国の風を感じやすい越前の地に滞在したことは、その人の対外意識を養う意味でも大きく貢献したと思われるのです。

光源氏と「高麗人」の関わりなど、日本海をルートとした渤海国との対外交流や交易の歴史を、物語の執筆にみごとに活《い》かしえたのも、昔の記録を通じての知識というばかりでなく、越前の風土を肌で感じることができたからではないでしょうか（図11－4）。

＊

さて末摘花の「黒貂の皮衣」から渤海国交易、桐壺巻の「高麗人」、為時と紫式部の越前滞在と話題を転じてきましたが、この辺で王朝ブランド品の話に戻りたいと思います。次章では末摘花の毛皮からの連想で、それでは光源氏はどんな衣装を着ていたのか、その決め服は何であったのか、花宴巻を見てみましょう。

図11－4　源氏物語を執筆する紫式部像　「本朝名異女図鑑　紫式部」
国立国会図書館

第十二章　舶来ブランドの男性コスチューム

光源氏が愛した唐の綺

図12－１　光源氏と朧月夜の出会い「源氏物語図色紙（花宴）」東京国立博物館

『源氏物語』の花宴巻、宮中の桜花の宴の夜に、うら若い女性（朧月夜）に出逢った光源氏（図12－1）は、右大臣の娘の一人と見当をつけたものの、誰とはわからずにいました。光源氏はその行く方を探す折しも、右大臣家の藤の宴に招待されます。

そして、さんざん人々の気をもたせて遅刻した挙句に、「唐《から》の綺《き》」の直衣姿で登場し、そのオーラで周囲を圧倒するのです。

桜の唐の綺の御直衣、葡萄《えび》染《ぞめ》の

下襲、裾《しり》いと長く引きて、皆人は袍衣《うへのきぬ》なるに、あざれたるおほぎみ姿のなまめきたるにて、いつかれ入りたまへる御さま、げにいとことなり。花のにほひもけおされて、なかなかことざましになん。（花宴）

（桜襲の唐の綺の直衣に、葡萄染の下襲、裾をとても長く引いて、皆は正式な袍を着ているところに、しゃれた大君姿の優美な様子で、丁重に迎えられてお入りになる光源氏の姿は、なるほどまことに格別である。藤の花の美しさも圧倒されて、かえって興ざめなくらいである。）

いまでいえば、さしずめ黒のモーニング姿の集団に、淡いピンクのタキシード姿のヒーローが颯爽《さっそう》と姿をあらわしたようなものでしょうか。

ところで、ここで重要なのは、そのコスチュームの素材である「唐の綺」なる品が、『源氏物語』の時代に、どうやら稀な唐物になっていたらしい点です。

「綺」は『和名類聚抄《わみょうるいじゅうしょう》』によれば、別名が「かむはた」で、錦より薄い絹織物、綾より簡素な風合いをもつ布です。応神天皇の時代に、漢《かん》より来た織女が初めて織ったとされます。記録としては『法隆寺縁起幷資財帳』（七六一）に例がありますが、それもおそらく舶来の品だったのでしょう。

平安時代ですと、『日本三代実録』の貞観十六年（八七四）九月の条で、「綾」「羅」

「錦」と並んで、僧尼の衣服の禁制の対象になっていますから、舶載の衣料として奢侈品といえます。宇都宮千郁氏の研究に拠れば、「綺」は重明親王の『吏部王記』（九二〇—九五三）、源高明の『西宮記』（九六九頃成立、有識故実書）といった十世紀の半ばの記録にはみえるものの、紫式部の生きた一条朝には稀であったそうです。

逆に時代が下って、中御門右大臣の藤原宗忠（一〇六二—一一四一）の日記、『中右記《ちゆうゆうき》』（一〇八七—一一三八）には用例があるので、院政期の時代には復活した織物ということになります。それはもしかしたら、質のよい「綺」が、輸入に頼らずとも、国内で生産されるようになったということかもしれません。

それにしても『源氏物語』では、同時代にほとんどなく、昔の記録類にしかみられないような素材である「綺」を、あえて主人公の贅沢な衣装としたわけです。しかも「唐の綺」とあるように、唐物であることが強調されています。

唐物を使った平安の男性の衣装といっても、唐綾や羅までふくめると用例がぐんと広がってしまうので、ここでは「綺」にしぼって、光源氏の愛した唐物について、もう少し突っ込んだお話をしてみたいと思います。

綺についての謎

桜襲の色目がふつう表白、裏紅であるのに対して、「桜の唐の綺」はそうではなく、縦糸と横糸に桜襲の色目である紅と白を使って織り上げた織物であるという説があります。「綺」とは、平織の一部が浮き上がって文様を形成している古風な織物をいうので、縦糸と横糸に赤糸と白糸を使って、文様を浮き出したものが「桜の唐の綺」であるとするのは、「綺」という織物の特性にかなった理解です。

とはいえ、『吏部王記』『西宮記』『中右記』といった他の文献では、「綺」の色は紫色、木蘭《もくらん》色、緑、縹《はなだ》など、落ち着いた色調ですし、「桜の綺」の用例も見当たりません。

『源氏物語』では、男性の衣装の「綺」では、真木柱巻で、玉鬘の夫となった髭黒大将の例があります。しかし、それも青鈍《あおにび》色の指貫《さしぬき》ですから、地味な色合いの「綺」ではあります。

よき表《うへ》の御衣《ぞ》、柳の下襲、青鈍の綺の指貫着たまひてひきつくろひたまへる、いとものものし。　　　　(真木柱)

(立派な袍《はう》のお召物に、柳の下襲、青鈍色の綺の指貫をお召しになって、身なりを整えていらっしゃる髭黒大将のお姿は、まことに堂々としている。)

ただし、『うつほ物語』の蔵開上巻には、いぬ宮誕生の七日の産養の場面で、「桜色の綺」の例が出てきます。源涼が七日の産養を主催した後に、女一の宮の祖父の正頼《まさより》邸で祝宴が開かれます。その酒宴の場に参加しているのは、いぬ宮の父である仲忠と、出産した女一の宮の兄弟の親王たちですが、そこでの衣装が『うつほ物語』では珍しく詳しく描かれているのです。その中から「綺」を使った衣装に注目してみましょう。


（三の宮）

三の宮、黒らかなる掻練《かひねり》一襲、標の綺の指貫、同じ直衣、蘇芳《すはう》襲の下襲奉りて、

（三宮は、黒っぽい紅の掻練の袙《あこめ》を一襲、縹の綺の指貫、同じく縹の直衣、蘇芳襲の下襲をお召しになっていたが、）


（六の宮）

紅の掻練のいと濃き一襲、桜色の綺の同じ直衣、指貫、葡萄染めの下襲奉りて、かはらけ取りて、左のおとどに参りたまふを見れば、いと小さくひちちかに、ふくらかに愛敬《あいきやう》づきたまへり。

（濃紅の掻練の袙を一襲、桜色の綺の直衣と指貫に、葡萄染の下襲をお召しになっており、杯をお取りになって、左大臣に差し出されるお姿を見れば、たいそう小柄で潑剌《はつらつ》としていて、ふっくらと愛嬌のあるご様子でいらっしゃる。）

（十の宮）
女御の君の後に生まれたまひし十の皇子《みこ》、四つばかりにて、御髪《ぐし》振り分けにて、白くうつくしげに肥えて、御衣は濃き綾の袿、袷の袴たすきがけにて、葡萄染めの綺の直衣着て、かはらけ取りて出でたまふ。（蔵開上）
（仁寿殿の女御の君の遅くに生まれた十の皇子は、四歳ほどで、御髪は振り分け髪にして、色は白くてかわいらしくふっくらとしていらっしゃって、御衣は濃い紅の綾の袿に、袷の袴の腰をたすき掛けにして、葡萄染の綺の直衣を着ていらっしゃって、杯を取ってお出ましになる。）

女一の宮の兄弟の宮たちがそれぞれ立派な衣装を着用しているのは、産養という晴の儀式の場面を意識しているからなのでしょう。

それにしても、同じ「綺」でも、年上の三の宮が縹という地味な色の直衣と指貫なのに対して、より若い六の宮は、華やかな桜色の「綺」の直衣を着たというわけです。十の宮はまだ四歳なので、光源氏との比較材料にするのは難しいかもしれません。

六の宮の衣装を参考にすれば、「桜の綺」の直衣は若い親王にふさわしい衣装で、『源氏物語』は、この蔵開上巻の場面にヒントを得て、一条朝ではみられない「桜の綺」の直衣を主人公光源氏の衣装にしたのかもしれません。「葡萄染の下襲」まで一致していることも、気になるところです。

しかし、『うつほ物語』との明らかな違いは、『源氏物語』の花宴巻が「桜の唐の綺」と唐物であることを強調したところでしょう。そもそも「桜の唐の綺」といった場合、中国渡来の唐物であるにしても、それが輸出する側の中国で、その織物が「桜」と名づけられていたかどうか、怪しいといわざるをえません。

中国で「桜」とよばれる植物は「ユスラウメ」との説もありますが、実態は不明で、「梅」「桃」「梨」といった植物のようには重視されていなかったようです。仮に中国で紅白の糸で織られた「綺」があったにせよ、その名称は「桜」であった可能性は低いといえます。

あるいは、中国渡来の紅白の唐糸を使い日本で織られたものを「桜の唐の綺」といったのか。また糸も国産でありながら、唐物風に織られた織物であったかもしれません。

いずれにしても、「桜の唐の綺」とは、高級品である「綺」にさらに希少価値を加えた、最高に華やかな品という設定なのでしょう。普通の「綺」とも、普通の桜襲とも一線を画した最高級の品としての「桜の唐の綺」であればこそ、光源氏の装いの中でもセレブにふさわしい、ひときわ華麗なものとして印象づけられるのです。

ところで、藤の宴に招かれた他の人々は、右大臣家の威勢にはばかり、参内の時と同じ束帯の「袍《ほう》」を着て参集しました。ですから光源氏もまた同じく袍の姿で参加するという、慎ましやかな選択もありえたはずです。

それをあえて唐物である「綺」、しかも、最高に華やかな「桜」の織物の直衣をまとったのは、袍衣が明らかにしてしまう身分秩序、この場合であれば、右大臣を頂点とする宴の秩序に組みこまれまいとする光源氏の決意のあらわれではなかったでしょうか。

つまり、父桐壺帝と舅《しゅうと》の左大臣を後ろ盾とする主人公光源氏の、右大臣家に対峙《たいじ》する若さの挑戦であったといえるでしょう。

右大臣はいま孫の東宮（後の朱雀《すざく》帝）の即位も間近く、藤の花の宴にことよせ、わが世の春を謳歌《おうか》しています。それに対して、主人公があえて散りぎわの桜に心を残し、それを惜しむかのように桜の織物の衣装をまとう選択は、朧月夜との思い出に殉じながらも、右大臣家の藤の花の栄えをみとめない若き光源氏の意気軒昂《けんこう》を感じさせるのです（図12－2）。

その幻惑的なまでの姿は、右大臣家に一矢むくいる決め服であり、腐心の服色であったといえます。そして、その姿は、右大臣自慢の藤の花の美しさも顔色なからしめるほどで、周囲を圧倒したのでした。

行幸巻の十八番

しかも、桜の唐の綺の直衣姿は、光源氏の十八番《おはこ》として、後の行幸巻にもくり返されています。行幸巻の場合は、光源氏が内大臣（かつての頭中将）と対面し、内大臣の装いとの相違により、主人公らしさをアピールする場面といえます。

図12－2　右大臣邸で朧月夜に迫る光源氏
土佐光信「源氏物語画帖」花宴　ハーバード大学美術館

葡萄染の御指貫、桜の下襲、いと長う裾ひきて、ゆるゆるとことさらびたる御もてなし、あなきらきらしと見えたまへるに、六条殿は、桜の唐の綺の御直衣、今様《いまやう》色の御衣ひき重ねて、しどけなきおほぎみ姿、いよいよたとへんものなし。光こそまさりたまへ、かうしたたかにひきつくろひたまへ

る御ありさまになずらへても見えたまはざりけり。（行幸）
（内大臣が葡萄染の御指貫をつけ、桜の下襲のたいそう長く裾を引いて、ゆったりとことさらに振る舞っていらっしゃるご様子は、ああ何とご立派なとお見えになるが、六条殿は、桜の唐の綺の御直衣、今様色の御衣を重ねて、くつろいだ皇子らしい姿が、ますます喩《たと》えようもない。一段と光輝いていらっしゃるが、このようにきちんと衣装を整えていらっしゃるご様子には、比べものにならないお姿であった。）

光源氏は夕顔の遺児である玉鬘を養女として六条院に引き取ったものの、ミイラ取りがミイラとなり、玉鬘への中年の恋に悩みます。挙句に光源氏は、玉鬘を求婚者と結婚させるのではなく、宮仕えさせることを思いつきます。しかし、そのためには玉鬘の実父である内大臣に知らせ、きちんとした裳着の儀式を行わなくてはならず、光源氏は三条の大宮邸で内大臣と対面することにします。

光源氏の招きに応じた内大臣は、直衣の下に桜の裾長の下襲を着用し、葡萄染の指貫を穿《は》くという、威風堂々とした姿で母の大宮邸を訪れます。光源氏との対面ということで、内大臣は参内にも準じる格のある装いで、礼を尽くしたわけです。

一方の光源氏は、「しどけなき」（くつろいだ）装いで、この場にふさわしく威儀を正した内大臣とは比較しようもないと物語では語られています。むしろ別次元であることで、光源氏はその本領を発揮したといえます。

「なずらへても見えたまはざりけり」とは、規範に忠実な内大臣と、着くずしや乱れなど、逸脱の装いを身上としてきた光源氏の距離をものがたる表現なのでしょう。

そして、ここでも花宴巻と同じ「おほぎみ姿」であることが強調されます。「おほぎみ」（大君）とは、ほんらい親王宣下を受けない皇子のことをいうのですが、ここでの「大君姿」とは、大君クラスの立場にある人が、その場その場に応じて装う直衣のうちとけた姿なのでしょう。

行幸巻と花宴巻で、桜の直衣がともに「唐の綺」という素材であることも、大君姿というイメージに響きあっているはずです。

かつて花宴巻で、藤原の右大臣家に乗りこんだように、今また行幸巻で、藤原の氏の長者となった内大臣と対峙したわけです。

「桜の唐の綺」の直衣姿とは、あえて言えば、賜姓源氏である主人公の存在そのもののシンボルでさえあるのです。こうして、「桜の唐の綺」の直衣姿は、光源氏の十八番として物語にたしかに刻印されたといえるのではないでしょうか。

次世代に対抗できない主人公

行幸巻の「桜の唐の綺」の姿は、花宴巻を意識した、むしろその積極的な反復の場面といえますが、しかし、ここでもう一つ気になるのが、その直衣を着る光源氏の年齢です。

桜の直衣は、若い時ほど裏の紅を濃くするといわれ、四十歳未満が着用の下限といえます。四十歳を超えれば老人の仲間入りであり、これ以降の年齢では、表が白で裏が縹といった老齢にふさわしい直衣を着用するのです。行幸巻の光源氏はじつは三十七歳で、桜の直衣を着用できるギリギリの年齢だったわけです。

ですから若菜上巻で四十の坂を過ぎて老境に入った光源氏は、もはや桜の直衣を着ることはなく、それを許されてもいません。行幸巻の内大臣のように、年相応に下襲にでも桜の色目を使うほかないのです。

そして、もはや光源氏が桜の直衣を着ることのできない若菜以降の世界で、それを許されているのが、次の世代の人々、光源氏の息子の夕霧や、内大臣の息子の柏木です。たとえば、柏木と女三の宮の密通事件の発端となった六条院の蹴鞠《けまり》の場面で、夕霧は、「唐の綺」の素材ではありませんが、「桜の直衣」を着用しています。

夕霧は柏木とともに蹴鞠に参加しますが、後の章で詳しく述べるように、唐猫が御簾の内から飛び出してくるというハプニングにより、二人は女三の宮の立ち姿を垣間見てしまいます（図12－3）。

図12－3　桜の直衣を着た柏木と夕霧の垣間見　海北友雪「源氏物語絵巻」　メトロポリタン美術館

その女三の宮が「桜の細長《ほそなが》」をまとっていたというのも、意味深長ですね。「桜の細長」の姿は、光源氏の正妻でありながら、不釣り合いな女三の宮の若さを際だてるものだからです。女三の宮の姿に釣りあうのは、やはり「桜の直衣」姿の夕霧や柏木の世代なのです。

大将の君も、御位のほど思ふこそ例ならぬ乱りがはしさかなとおぼゆれ、見る目は、人よりけに若くをかしげにて、桜の直衣のやや萎えたるに、指貫の裾つ方すこしふくみて、けしきばかり引き上げたまへり。軽々しうも見えず、ものきよげなるうちとけ姿に、花の雪

のやうに降りかかれば、　　　　　　　　　　　　　（若菜上）

（大将の君も、ご身分の高さを考えれば、いつにない羽目の外しようだと思われるが、見た目には、人よりことに若く美しくて、桜の直衣の少し柔らかくなっているのを召して、指貫の裾の方が、少し膨らんで、心もち引き上げていらっしゃった。軽率には見えず、さっぱりとくつろいだ姿に、花びらが雪のように降りかかるので、）

しかも、夕霧の直衣姿には「うちとけ姿」（くつろいだ姿）という父光源氏のかつての直衣姿を彷彿《ほうふつ》とさせる形容までがご丁寧に付いています。

もっとも、いくら夕霧が桜の直衣をまとい、蹴鞠のはげしい動きにより「うちとけ姿」に転じても、それは表層での父光源氏への似通いでしかありませんでした。若き日の光源氏がみずから逸脱の姿として、秩序への挑戦として自発的に選びとってきた衣装の着こなしを真に引き継ぐものではなかったのです。

一方、女三の宮と密通事件を起こして、六条院世界の侵犯者となってしまう柏木も、女三の宮の本質を見まちがう、悲しい錯誤の人でした。

主人公の絢爛《けんらん》たる「桜の唐の綺」の直衣姿、それは若菜以降の世界では、光源氏自身によっても、後の世代によっても継承されることはなく、永遠に封印されたというべきではないでしょうか。

＊

次章では、男性に対して、女性はどのような舶来ブランド品を使った衣装をまとったのかを見ていきましょう。

第十三章　舶来ブランドの女性コスチューム

定子の唐物尽くしの衣装

光源氏の「桜の唐の綺」の直衣姿を、男性の舶来ブランドのコスチュームの最高峰とすれば、対する女性の衣装で、それに優るとも劣らない舶来ブランドのコスチューとは、何でしょうか。それは、『枕草子』に語られた中宮定子の衣装ではないかと思うのです。

『枕草子』の「関白殿、二月二十一日に」（二六〇段）は、中関白家《なかのかんぱく》といわれる定子一族の栄華のなかでも、もっとも輝かしい記憶である積善寺《しゃくぜんじ》供養について描く段です。定子の父道隆は、法興院のなかに積善寺という寺を建立し、正暦《しょうりゃく》五年（九九四）二月に一切経供養の儀式をします。

そこには道隆一族ばかりか、一条天皇の母である詮子女院も来臨《らいりん》するということで、中宮定子も髪上げをして裳《も》を着けるという具合に、最高の正装をしたわけです。その姿は、まだ御裳、唐の御衣奉りながらおはしますぞいみじき。紅《くれなゐ》の御衣どもよろしからむやは。中に唐綾《からあや》の柳の御衣、葡萄染の五重襲《いつへがさね》の織物に、赤色の唐の御衣、地摺《ぢずり》の唐の薄物《うすもの》に象眼《ざうがん》重ねたる御裳など奉りて、物の色などは、さらになべてのに似るべきやうもなし。

(中宮様はまだ御裳、御唐衣もお召しになったままでいらっしゃるのが、素晴らしい。紅の御衣が並一通りであるはずがあろうか。中に唐綾の柳襲の御衣、葡萄染の五重襲の織物に、赤色の御唐衣、地摺りの唐の薄物に象眼を重ねてある御裳などをお召しになって、衣装の色あいなどは、まったく並一通りに見えるものなどなく、素晴らしい限りである。)

というもので、「唐綾」や「唐の薄物」など唐物の上に、禁色である赤色の唐衣を着用したという、非常に贅沢《ぜいたく》で豪華な衣装です。まさに直輸入ばりばりのブランド品を尽くした装いといった印象があります。

また「宮にはじめてまゐりたるころ」(一七七段)にも、中宮定子が、「紅の唐綾」を着こなしている姿が印象的に描かれています。

宮は、白き御衣どもに、紅の唐綾をぞ上に奉りたる。御髪《ぐし》のかからせたまへるなど、絵にかきたるをこそ、かかる事は見しに、うつつにはまだ知らぬを、夢の心地ぞする。

（中宮様は白い御下着幾枚もに、紅の唐綾をその上にお召しになっている。それに御髪がかかっておいであそばす御様子などは、絵に描いてあるのをこそ、こうした美しい方は見たことはあるが、現実にはまだ知らないので、夢を見ているような気持ちがする。）

定子は『枕草子』の中では、紅梅襲などの派手な衣装が好みで、またそれがいかにも似合う女性でした。この日常の装いといい、唐物を惜しみなく贅沢に使った積善寺供養の時の衣装といい、中宮定子ひいては中関白家の盛栄をみごとなまでにあらわしています。

ところで、こうした唐物を定子一族は、来日した宋の海商たちから購入したようです。第十一章でもふれた、長徳元年（九九五）九月に若狭国に宋人七十余人が交易を求めて漂着した事件を思い出してみましょう。

その中の朱仁聡《しゅじんそう》という商人は、中宮定子に唐物を献上したものの、大宰府に行ってしまいます。代金を持参した中宮定子の使者とは行き違ってしまい、朝廷に代金未払いを訴える一悶着《ひともんちゃく》があったといいます。

藤原行成の日記である『権記』が長保二年（一〇〇〇）八月二十四日の条に記すところです。すでに定子の父道隆は死去し、中関白家の没落期の出来事ですが、中宮としての体裁を整えるためには、なおも唐物が不可欠だったのかもしれません。

唐綾とその模倣品

さて、平安時代に輸入された唐綾とは、実際どんな品なのでしょうか。現在でも、現在でも、その遺品を見ることができるでしょうか。

唐綾については、盛唐から宋代にかけて精巧な綸子《りんず》のような斜文の織物が流行し、それが平安時代に輸入され、珍重されたとされます。唐綾は、縦糸が細く密であるのに対して、横糸が太く、そうすることで文様を鮮明に表現できたのです。

そもそも綾の生産は日本でも早くから始まり、奈良時代の和銅《わどう》四年(七一一)、織《おり》部司《べのつかさ》の挑文師《あやとりのし》といわれる技術者が派遣され諸国に広まりました。以後、『延喜式』に拠《よ》れば、駿河《するが》・能登《のと》・安芸《あき》・阿波《あわ》など地方においてもかなりの生産があったことが知られます。しかし、その後は、織物の生産も減り、唐綾の輸入も増加したといわれています。

今日まで残っている唐綾というと、醍醐寺に伝わる院政期の山水屛風《せんずいびょうぶ》の裏張りに用いられた「萌黄地《もえぎじ》牡丹《ぼたん》唐草《からくさ》山茶花《ざんか》文綾《もんあや》」があり、平安時代の唐綾の数少ない遺品とされています。また円覚寺にある袈裟《けさ》に用いられた「紺地《こんぢ》牡丹《ぼたん》唐草《からくさ》文綴《ぶんつづれ》」も、南宋時代の唐綾とされます。それらから推測するに、唐綾は牡丹など花の間に蕾《つぼみ》や小花や枝葉があしらわれた文様が織り出されたものといえるでしょう（図13－1）。

日本で織られた唐綾については、藤原定家の日記である『明月記』の寛喜《かんぎ》元年（一二二九）の十二月十九日の条に、近頃では正月の衣装に上下の身分を問わず、唐綾の小袖を着るので、京中の織り手たちが唐綾を織り出している、とあります。

これが日本製の記録の最初ですが、ここでは「京中」の織り手たちが唐織を織れたということですから、日本で唐綾が織りはじめられたのは、もっと早く平安時代か、さらにさかのぼるのかもしれません。

図13－1　牡丹唐草文様の唐綾　一重蔓牡丹唐草文様金襴　京都国立博物館

『うつほ物語』の唐綾の系譜

ところで、定子が日常の装いとしていた「紅の唐綾」は、『うつほ物語』でもしばしば出てきます。たとえば蔵開上巻では、懐妊中の女一の宮の装束が次のように語られています。

面白く盛りなる桜の、朝露に濡

れあへたる色合ひにて、御髪は瑩《やう》しかけたるごととして、隙なく揺りかかりて、玉光るやうに見えたまふ。御衣は、赤らかなる唐綾の袿の御衣一襲奉りて、御脇息《けふそく》に押しかかりておはす。（蔵開上）

（女一の宮は）すばらしく盛りに咲いた桜が朝露に濡れた風情で、御髪は絹のような光沢でつやつやとしており、隙間なく揺れかかっていて、玉が光るようなご様子でいらっしゃる。御衣は唐織の綾の袿をお召しになり、御脇息に寄りかかっていらっしゃる。）

女一の宮のこの描写は、その容姿といい衣装といい、最高の貴女のたたずまいといえます。さらに『うつほ物語』の最後の巻である楼の上下巻では、仲忠の母である尚《ないし》侍《のかみ》が高い楼の上で琴を弾くというクライマックスの場面がありますが、その楼から降りてくる時の衣装が、次のように語られています。

几帳、夕日の透き影より、尚侍、紅の黒むまで濃き唐綾の打ち袷一襲、三重の袴、龍胆《りんだう》の織物の袿、唐の縠《こめ》、薄物重ねたる地摺《ちず》りの裳、村濃《むらご》の腰さして、唐の糸木《いとゆ》綿《ふ》、赤色の二藍《ふたあゐ》重ねて、唐衣着たまへり。（楼の上下）

（几帳の夕日の透き影で見ると、尚侍は、紅色だが黒みがかった濃い色の唐綾の打ち袷一襲に三重の袴、龍胆襲の織物の袿、唐の縠という織物の表着、薄色を重ねた地摺りの裳に、村濃になった引腰をさし、唐の糸の飾り結びを付け、赤色の二藍襲を着て、唐衣を着けていらっしゃる。）

これも、高価な紅花を惜しみなく使って染色した最高級の唐綾を中心に、「唐の縠」、「唐の糸木綿」など唐物尽くしの衣装となっています。

また、同じ『うつほ物語』のあて宮巻で、あて宮が東宮のもとに入内する折に、四十人ものお付きの女房の衣装が、「唐綾、ただの絹一つ混ぜず、みな赤色」（唐綾の唐衣を着て、普通の平絹は一つも混ぜず、みな赤色）であると語られています。

同じく女童《めのわらわ》六人の衣装も、「唐綾の赤色の五重襲《いつへ》の上の衣、綾の上の袴、袷の袴、綾の袙着たり」（赤い唐綾の五重襲の表着、綾織の表袴、袷の袴、綾織の袙を着ている）とも語られているのです。赤色の唐綾は、まさにあて宮の父正頼の富と権威の象徴のような役割をはたしているわけです。

ちなみに『栄花物語』の「かかやく藤壺」の巻でも、入内直後の彰子付きの女房たちの装いが「八重紅梅を織りたる表着はみな唐綾なり」（八重紅梅の模様を織り出した表着を着ているが、みなすべて唐綾なのである）と語られています。道長の財力によって主人側から整えた衣装ですから、唐綾を贅沢に使うことができたともいえます。

ところが、後では「このたびは女房の唐衣なども品々に分れて、けじめけざやかなるほど」(このたびは女房の着用する唐衣なども身分次第に別々で、その区別がはっきりしている)と、女房が個人で整えた場合では、唐綾に統一することもできず、衣装にも格差が出ることが記されています。

玉鬘巻の衣配りの意匠

それでは『源氏物語』の世界では、舶来の唐綾はどのように語られているのでしょうか。

女性の衣装でいえば、若菜下巻で六条院の女性たちが楽器の腕前を競う女楽《おんながく》という場面に出てきます(図13－2)。その際、明石女御に付き添った童女が、「青色に蘇芳の汗衫《かざみ》、唐綾の表袴《うへのはかま》、衵は山吹なる唐の綺」を着ていたとあり、いわばユニフォームとして「唐綾」と「唐の綺」が使われた例ですし、明石女御の地位の高さもうかがわせます。

しかし、女楽に参加した六条院の女君たちの衣装となると、あの中宮定子の盛装に匹敵するようなものはありません。四人の女性の衣装は、女三の宮が「桜の細長」、明石女御が「紅梅の御衣」、紫の上が「葡萄染にやあらむ、色濃き小袿、薄蘇芳の細長」、明石の君が「柳の織物の細長、萌黄にやあらむ、小袿着て」とあり、舶来ブランド品であるより、むしろ衣装の襲の美の競演が強調されるのです。

図13－2　若菜下巻の女楽　土佐光吉「源氏物語手鑑」若菜三　久保惣記念美術館

『源氏物語』で唐物との関わりで注目される女性の衣装といえば、玉鬘巻の衣配りの場面でしょうか。六条院を造営し、最初の正月を迎える準備に忙しい歳末、光源氏は、六条院や二条東院に住む女君たちに、新春に着る晴の装束をプレゼントすることを思いつきます。そこで光源氏は、紫の上の立ち会いのもと、明石の姫君、花散里、末摘花、明石の君、空蟬《うつせみ》といった女君たちの容貌や境遇にふさわしい衣装を次々と選んでいきます（図13－3）。

（紫の上）紅梅のいと紋浮きたる葡萄染の御小袿、今様色のいとすぐれたるとはかの御料《れう》、（明石の姫君）桜の細長に、艶やかなる掻練とり添へては姫君の御料なり。（花散里）浅縹《あさはなだ》の海賦《かいふ》の織物、織りざまなまめきたれどにほひやかならぬに、いと濃き掻練具して夏の御方に、（玉鬘）曇りなく赤きに、山吹の花の細長は、かの西の対に奉れたまふを、上は見ぬやうにて思しあはす。（中略）かの末摘花の御料に、柳の織物の、よしある唐草を乱れ織れるも、いとなまめきたれば、人知れずほほ笑まれたまふ。（明石の君）梅の折枝、蝶、鳥飛びちがひ、唐めいたる白き小袿に濃きが艶やかなる重ねて、明石の御方に、思ひやり気高きを、上はめざましと見たまふ。空蝉の尼君に、青鈍の織物、いと心ばせあるを見つけたまひて、御料にある梔子《くちなし》の御衣、聴色《ゆるしいろ》なる添へたまひて、同じ日着たまふべき御消息聞こえめぐらしたまふ。（玉鬘）

（紅梅のたいそうくっきりと紋が浮き出た葡萄染の御小袿と、流行色のとても素晴らしいのは、紫の上のお召し物である。桜の細長に、艶のある掻練を取り添えたのは、明石の姫君用の衣装である。浅縹の海賦の織物で、織り方は優美であるが、鮮やかな色合いでないものに、たいそう濃い紅の掻練を付けて、夏の御方である花散里に。曇りなく明るくて、山吹の花の細長は、あの西の対の玉鬘に差し上げなさるのを、紫の上は見ぬふりをして想像なさる。（中略）あの末摘花用には、柳の織物で、由緒ある唐草模様を乱れ織りにしたのも、とても優美なので、人知れず苦笑されなさる。梅の折枝に、蝶や、鳥が、飛び交い、唐風の白い小袿に、濃い紫の艶のあるのを重ねて、明石の御方に。衣装から

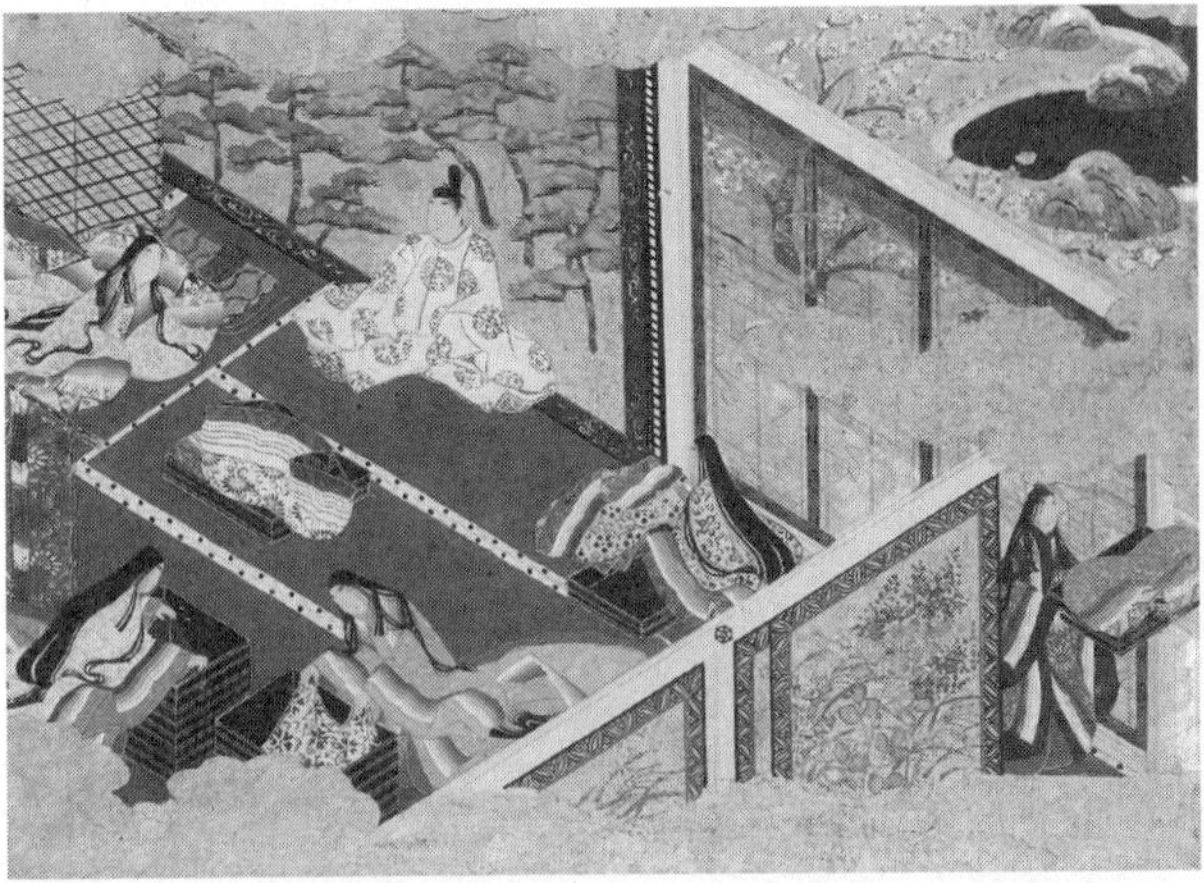

図13－３　玉鬘巻の衣配り　土佐光吉「源氏物語手鑑」玉鬘二　久保惣記念美術館

想像して気品があるのを、紫の上は無礼だとお思いになる。空蝉の尼君には、青鈍色の織物でたいそう気の利いたのを見つけなさって、ご自分用にあった梔子色の御衣で、聴し色なのをお添えになって、同じ元日にお召しになるようにとお手紙をもれなくお回しになる。）

この場面で舶来品とのかかわりから注目されるのは、末摘花と明石の君の衣装でしょうか。末摘花と明石の君には、それぞれ「柳の織物の、よしある唐草を乱れ織れる」と、「梅の折枝、蝶、鳥、飛びちがひ、唐めいたる白き小袿」という、唐物とは断定できませんが、唐風の品が贈られています。

末摘花の衣装の「柳の織物」とは、縦糸が萌黄、横糸が白で、中国風の由緒ある唐草文様を織り出したものです。唐草文様といえば、男性の束帯の袍にも、「輪無唐草《わなし》」や「轡唐草《くつわ》」といった連続する文様が織り出されていました。平安以降に唐草文様の種類もふえて、「菊唐草」や「牡丹唐草」もあったようですが、末摘花の衣装は、「よしある」（由緒ある）とありますので、より古い時代の唐物のオリジナル文様に近いものだったかもしれません。

しかも、「唐草」はここ以外に『源氏物語』に用例がないことも注目されます。『源氏物語』では、舶来の唐綾である場合は「唐の」と表記されることが多いので、ここでは唐綾を意識して日本で織られた綾であった可能性もあります。

前の章で末摘花には「黒貂の皮衣」や「秘色」青磁といった舶来品がまつわるイメージがあることを説明しましたが、ここでの衣装もその流れで選ばれたのかもしれません。もっとも、それが優美な品であったため、後の初音巻の場面では末摘花に似合っていないと酷評されてもいます。

唐めいた装いということで、末摘花の衣装と似た衣装が語られているのが、明石の君ということになります。「梅の折枝、蝶、鳥飛びちがひ、唐めいたる白き小袿」というのですから、これも唐綾を意識して日本で織られた綾の可能性が高いわけです。

明石の君に唐物や唐物めいたものがまとわりつくのは、明石の入道が、明石という大宰府と都の中継地である地の利と財力を活《い》かして、唐物を蓄えていたからだと考えられます。

玉鬘巻の衣配りでは、唐物派の明石の君・末摘花に対して、非唐物派の紫の上というコントラストがあるのではないでしょうか。『源氏物語』は、「和」のイメージの紫の上に対して、舶来品のイメージがまとわりつき、かつ当世風の品の似合う明石の君と似合わない末摘花という形で、女君たちを描き分けて、メリハリを付けてみせたのです。

それにしても、明石の君の衣装を見た紫の上は「めざまし」とプライドを傷つけられたような気持ちになります。というのも、国産の綾より舶来の唐綾の衣装の方が、やはり格が上だからです。

もちろん光源氏も、紫の上にも選ばなかった唐綾の衣装を明石の君に与えたら、どんな波紋を起こすのか、わかっているので、あくまで唐風の衣装にしたのではないでしょうか。しかし、そんな衣装が似合う女君として明石の君が光源氏に認知されていることじたい、紫の上にとっては癪《しゃく》の種だったのです。

ともかくも、光源氏は衣装選びを終えて、元日に揃って着用するように言葉を添えて、女性たちに贈ります。自分の選択眼が間違っていないか、しかと確かめようという光源氏の趣向なのですが、次の巻である初音巻で、その期待に見事に応えたのは明石の君でした。

＊

次章の調度の話は、その新春の明石の君の部屋の様子に注目するところから、はじめてみたいと思います。

第十四章　王朝のインテリア

明石の君の機転

玉鬘巻の衣配りの次の巻、六条院の新たな年がはじまる初音巻で、光源氏は女君たちに選んだ衣装がはたして似合っているのか、その演出効果を確かめるために、それぞれの部屋を訪れていきます。そして最後に足を運んだのが、冬の町の明石の君の部屋でした（図14－1）。

図14－1　明石の君の部屋　土佐光信「源氏物語画帖」初音　ハーバード大学美術館

暮れ方になるほどに、明石の御方に渡りたまふ。近き渡殿《わたどの》の戸押し開くるより、御簾の内の追風なまめかしく吹き匂はして、物よりことに気高く思さる。正身《さうじみ》は見えず。いづら、と見まはしたまふに、硯のあたりにぎはしく、草子ども取り散らしたるを取りつつ見たまふ。唐《から》の東京錦《とうぎやうき》のことごとしき縁《はし》さしたる褥《しとね》にをかしげなる琴うちおき、わざとめきよしある火桶《ひおけ》に、侍従をくゆらかして物ごとにしめたるに、裛被《えひ》香《かう》の香《か》の紛へるいと艶なり。手習どもの乱れうちとけたるも、筋変り、ゆゑある書きざまなり。ことごとしう草がちなどにもざえかかず、めやすく書きすましたり。（初音）

（光源氏は、暮方になるころに、明石の御方にお越しになる。近くの渡殿の戸を押し開けた途端に、御簾の中から流れてくる風が、優美に吹き漂って、他に比較して格段に気高く感じられる。本人は見えない。どこかしらと御覧になると、硯のまわりが散らかっていて、冊子類などが取り散らかしてあるのを手に取り手に取り御覧になる。唐の東京錦のたいそう立派な縁を縫い付けた座布団に、風雅な琴をちょっと置いて、趣向を凝らした風流な火桶に、侍従香を燻《くゆ》らせて、それぞれの物にたきしめてあるのに、衣被香の香が混じっているのは、たいそう優美である。手習いの反故が無造作に取り散らかしてあるのも、尋常ではなく、教養のある書きぶりである。大仰に草仮名を多く使ってしゃれて書かず、無難にしっとりと書いてある。）

思わせぶりに明石の君がなかなか姿を見せないのも、じゅうぶんに計算し尽くしたうえでのことでしょう。光源氏にまずは存分に部屋を見てほしいといわんばかりです。

しかもそこでは、「唐の東京錦のことごとしき縁さしたる褥」「琴」「侍従（香）」「裛被香の香」など、唐物を使った品や唐風の品という、たくみな小道具を配して、光源氏を魅了するのです。

明石の君は、前章でみたように衣配りで「梅の折枝、蝶、鳥、飛びちがひ、唐めいたる白き小袿」という唐風の衣装を贈られていたからこそ、その日に着用することや、光源氏が訪れることを意識し、それにあわせて唐風に部屋のインテリアを整えたのでしょう。

彼女はふだん部屋をこれほどまで唐物や唐風の品々で飾るような、ブランド志向の持ち主ではないかもしれませんが、いざとなれば、これ位の演出はお手のものだったのです。

ここで特に注目されるのは、「唐の東京錦」の褥です。「東京錦」は『新猿楽記』にも出てくる極上の唐物で、それを縁につかったという、いかにも豪華な褥なのです。

そして、この「東京錦」には、じつは忘れられない思い出があります。

東京錦の思い出

一九九九年に天皇（現在の上皇）の即位十周年記念の展覧会が、日本橋の高島屋で開かれた時のことです。即位式で使われた倚子《いし》とよばれる椅子の下に敷いてあった一枚の敷物に、思わず目が釘づけになりました。それは白地に紫の模様が上品に織り出された、じつに優美な織物だったのですが、その説明には何と「東京錦」と書かれていたのです。

『源氏物語』の室町時代の注釈書である『河海抄』は、「東京錦」について、唐にも東京と西京があり、その中で、東京の錦の優れたものを指すか、と注記しています。「東京錦」の用例は多く、「東京錦茵《とうきやうきのしとね》」の形で見え、天皇や摂関家などの晴の場で用いる高級な褥の縁に用いられています(図14－2)。

永久《えいきゆう》三年(一一一五)に、関白の藤原忠実《ただざね》が東三条院を祖母から譲り受け、その披露目の晴の儀式でも、「東京錦」の褥は寝殿の母屋の昼御座《ひのおまし》に正式に敷かれたものでした。その南側の廂《ひさし》の間は、いわば控え室のようなものですが、そこでは唐錦の褥が敷かれていますから、「東京錦」の褥の格の高さがおのずとわかるというものです。

おそらく明石の君の部屋にあった褥にしては、分不相応に格の高いもので、そこで、『源氏物語』の諸本の中でも、「東京錦」ではなく、「綺《き》」の縁をつけた褥に本文を変えている本もあります。でも、前章でふれたように、明石の入道の財力をバックにした明石の君ならば、こうした「東京錦」の褥を用意できたのではないでしょうか。

それをさりげなく新春の部屋に置いて、光源氏を魅了した明石の君の才覚を思うべ

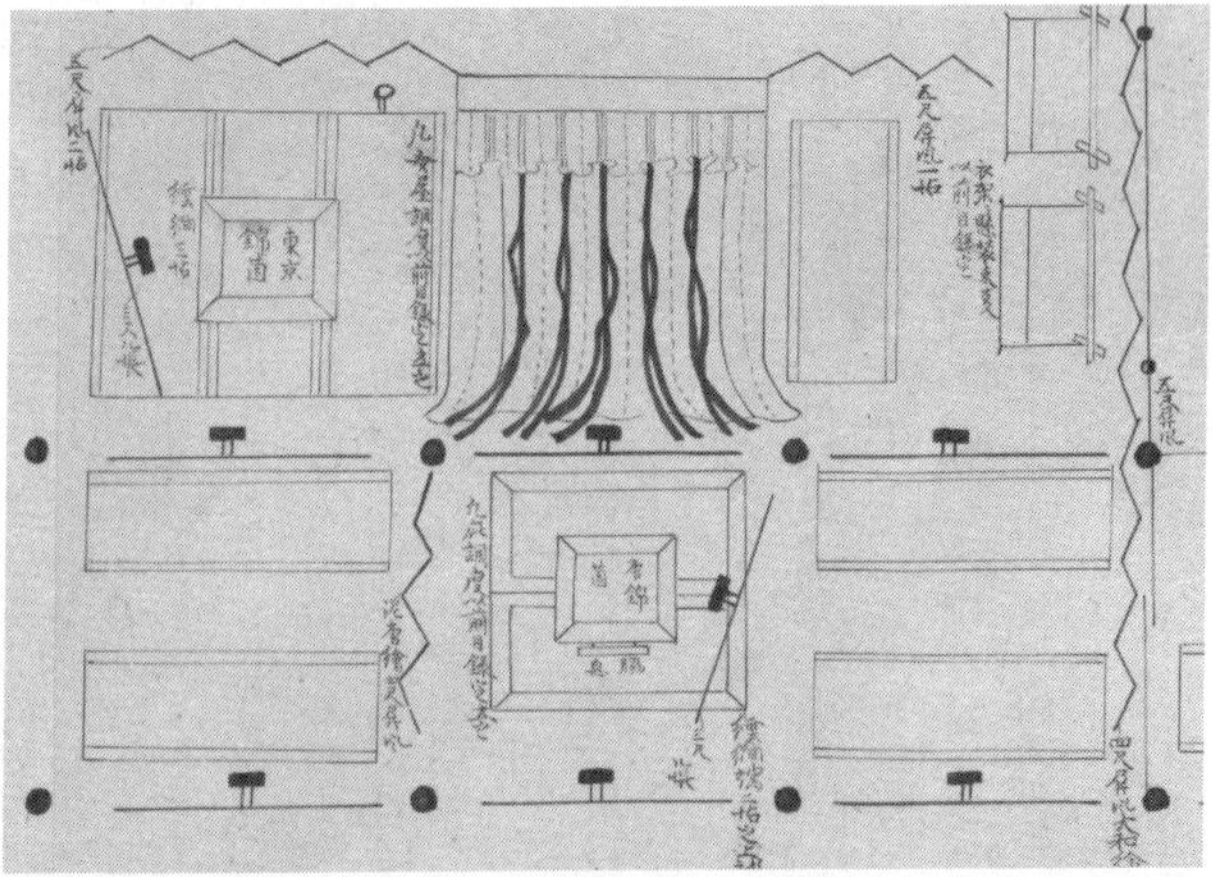

図14－2　東京錦茵（左上）と唐錦茵（中下）『類聚雑要抄』巻二　国立国会図書館

きなのです。また、そこに最初、「琴《きん》」という中国渡来の楽器が置かれているわけですが、来訪した光源氏が後で座る褥と考えれば、一向におかしくはありません。

なお、やはり『源氏物語』の古注釈書である『花鳥余情《かちょうよせい》』は、この場面に、「唐東京錦茵。藤の円文の白綾。方一尺八寸、縁白地錦」と注記しています。藤の円文の白綾に白地の錦というのは、私が展覧会で見た優美な織物のイメージとまさに一致します。

もっとも、小学館の『日本国語大辞典』の「東京錦《トンキンにしき》」は、「赤白の碁《ご》盤《ばん》目の白地に、赤で蝶や鳥の模様を織り出したもの。とうきょうぎ」と書かれています。実際、この場面を絵画化した近世の源氏絵では、「東京錦」の縁は、たしかに赤地に模様が入ったものとして描かれているものが多いのです。

とはいえ、光源氏が明石の君に贈ったのが、白地の小袿と紫の衣装という点からすれば、『花鳥余情』のような白地の錦の方がしっくりする気がします。

ともあれ、明石の君の計算し尽くした演出がみごとに功を奏して、光源氏は、ほんらいなら紫の上のもとでぜひとも過ごさねばならない元日の夜を、明石の君の部屋に泊まったのです。紫の上が不機嫌になったのはいうまでもなく、ほかの町の女君や女房たちも驚く破格の扱いでした。和のイメージを体現する紫の上に対して、明石の君が唐風の演出により勝利した夜だったのです。

明石の姫君の難をおぎなう調度

ところで、明石の君の部屋に限らず、平安文学では、舶来の錦や綾をフォーマルな調度品に使った例がいくつもあります。『うつほ物語』の蔵開中巻に、高麗綿を薦《こも》に し、畳の縁に唐錦を使った例が見えますし、『栄花物語』のころものたま巻には、彰子が出家の準備をする際、黄の唐綾を張り、縁に青地の唐の錦を使った屏風が出てきます。

唐錦も、『枕草子』の「めでたきもの」の筆頭に挙げられたように、高級感をただよわせる、うってつけの舶来ブランド品でした。しかし、対象を拡げ過ぎても収拾がつかなくなるので、ここでは『源氏物語』にしぼって、裳着や婚礼のインテリアを見ていきたいと思います。

第三章でも見た場面ですが、梅枝巻の冒頭、三十九歳になった光源氏は、愛娘《まなむすめ》の明石の姫君の裳着の準備のために、大宰府の大弐から献上された舶載品の香料や綾・羅を検分しています。明石姫君は裳着に続いて、すぐに東宮へ入内する予定であり、裳着の調度はそのまま入内のお支度《したく》になるので、光源氏もここぞとばかりに力が入るのです。

しかし、大弐も吟味したであろう品々にはあきたらず、旧邸である二条院の蔵を久方ぶりに開いて、古くから蓄えていた唐物をとり寄せます。そして、姫君の調度の敷物や褥などの縁には、故桐壺院の時代にあの高麗人から贈られた「綾」や「緋金錦」を使うことにしたのです。そして、大弐から香料のほかにも献上されていた「綾」や「羅」は、六条院の女房たちに下げ渡してしまうのです。

舶来品の中でも吟味を重ねて、明石の姫君の裳着にむけて最高級の調度を用意したいのは、実母の明石の君の出自が低いという難をおぎない、姫君を箔《はく》づけようとする光源氏の親心からでしょう。さらにいえば、最高の裳着（ひいては入内）の調度を用意することで、光源氏の君臨する六条院の威光を内外に示したいという思いもあったなのです。

のでしょう。

読者はこれこそ『源氏物語』の中で最高の女性用のインテリアと思うわけですが、

しかし第二部とよばれる若菜以降の世界になると、それをさらに上まわる調度が出てきます。それが朱雀院の娘で、やがて光源氏のもとに降嫁する女三の宮の裳着の調度なのです。

女三の宮の虚飾の調度

若菜上巻の冒頭、病となり出家の志をかためた光源氏の兄の朱雀院は、後見のない三番目の内親王である女三の宮の行く末を案じて、光源氏のもとに降嫁させることを決意します。そして、光源氏の内諾を得ないままに、年の暮も押しせまった頃、女三の宮の裳着の儀式を盛大に催したのです。

年も暮れぬ。朱雀院には、御心地なほおこたるさまにもおはしまさねば、よろづあわたたしく思し立ちて、御裳着のこと思しいそぐさま、来し方行く先ありがたげなるまでいつくしくのしる。御しつらひは、柏殿《かへどの》の西面に、御帳、御几帳よりはじめて、ここの綾、錦はまぜさせたまはず、唐土の后の飾りを思しやりて、うるはしくことごとしく、輝くばかり調へさせたまへり。（若菜上）

（年も暮れた。朱雀院は、御気分もやはり快方に向かう御様子もないので、何かと気忙しく御決心なさって、女三の宮の裳着の儀式をご準備なさる様子は、過去にも将来にも例のないと思われるほど、盛大に大騒ぎなさる。裳着の部屋の飾り付けは、柏殿の西表に、御帳台、御几帳をはじめとして、この国の綾や錦はお加えなさらず、中国の皇后の装飾を想像して、端麗にして豪華、輝かしいほどに御準備あそばした。）

裳着の場所には、朱雀院の建物の中でも「柏殿」（柏梁殿《はくりようでん》）が選ばれ、そこに国産の綾や錦を排除して、中国の皇后を思わせるような荘重な調度が、輝くばかりに整えられました。唐風の極めつけというべきこの調度品は、ほかの裳着の場面と比較しても、きわめて異例なもので、明石姫君の裳着さえも上まわる豪奢《ごうしや》で正統派の室内装飾といえます。

そもそも平安時代の調度には、唐風調度と和風調度があり、『源氏物語』の時代は、まさに唐風調度から和風調度へ展開していく転換期に当たります。しかし、最も公的で重々しい儀式の折には、やはり唐風の調度が用いられていました。平安朝の内裏でも、帝が使う公的な晴の調度は唐風であり、褻《け》の調度は和風という区別がありました。『源氏物語』でも、唐風調度と和風調度は、場面に応じて使い分けられていますが、女三の宮の裳着の場面では、中国の皇后もかくやと思わせる最高級の唐風の調度が整えられたのです。

唐物を尽くした調度は、鍾愛《しょうあい》する女三の宮への権威づけであると同時に、朱雀院その人の権威を示したことにもなるのではないでしょうか。あたかも明石の姫君の裳着で、光源氏が唐物を駆使して姫君の難をおぎないながら、みずからの威光をデモンストレーションしたように、です。

もっとも、この裳着の場面では、女三の宮が儀式に対して、どのような思いを抱いたかもわからず、その人の裳を着けた晴の姿の描写さえもありません。女三の宮は儀式の空疎な中心に過ぎず、朱雀院をはじめ、周囲の人々の思いを映しだす鏡のような存在でしかないのです。

やがて女三の宮が六条院に降嫁する際に、その調度は六条院に運びこまれます。それは一つは、上皇待遇である光源氏へ敬意を表してのことであり、もう一つは、せめて難のある女三の宮の周りだけは固めて魅力を増そうという朱雀院の思いからでした。

そのように空前絶後ともいえるインテリアは、女三の宮とともに六条院に帰属したわけですが、それらは内親王の格の高さをいやが上にも知らしめ、光源氏を威圧する品々ともなったのではないでしょうか。

もっとも、仰々しい調度は、かえって女三の宮の幼稚さを際だてて、不釣り合いな室礼《しつらい》となるばかりでした。唐風の品々をはじめ父朱雀院が心をこめて用意させ、運び入れた品々は、まさに虚飾の調度としてしか機能しないという悪循環を起こしました。しかも光源氏は、朱雀院に遠慮して、そのインテリアを六条院流に改めることもできないのです。

宿木巻の婚礼調度

さて、光源氏亡き後の宇治十帖になると、唐物を使った調度も唐物じたいも、めっきり少なくなりますが、そのなかで宿木《やどりぎ》巻だけは例外的な巻といえます。

宿木巻では、いくつか唐物が語られる場面があり、唐物の錦や綾を使ったインテリアも出てきます。それは、六条院を受け継いだ夕霧が、娘の六の君のもとに、妹明石の中宮の三番目の息子である匂宮を婿に迎えた際の調度でした。

匂宮はすでに宇治の中の君と結婚し、二条院に引き取っているので、夕霧としても、娘六の君が中の君と遜色《そんしょく》ないように、むしろ凌駕《りょうが》するようにと、人一倍気を遣って晴の日のインテリアを整えたのです。

匂宮は所顕《ところあらわし》とよばれる披露宴の後、二条院の中の君のもとに戻り、翌朝、六条院の六の君の輝くばかりの婚礼の調度を思い出しています。

御しつらひなども、さばかり輝くばかり高麗《こま》、唐土《もろこし》の錦、綾をたち重ねたる目うつしには、世の常にうち馴《な》れたる心地して、人々の姿も、萎《な》えばみたるうちまじりなどして、いと静かに見まはさる。君はなよよかなる薄色どもに、撫子の細長重ねて、うち乱れたまへる御さまの、何ごともいとうるはしくことごとしきまで盛りなる人の御装ひ、何くれに思ひくらぶれど、け劣りてもおぼえず、なつかしくをかしきも、心ざしのおろかならぬに恥なきなめりかし。（宿木）

（匂宮は、お部屋の調度なども、六の君方のあれほど輝くほどの高麗や唐土の錦や綾を何枚も重ねているのを見た目には、二条院の中の君の部屋は、普通の気がして、女房たちの姿も、糊気のとれたのが混じったりなどして、まことに静寂とした感じに見回される。中の君は、柔らかな薄紫の袿に、撫子の細長を重ね着して、くつろいでいらっしゃるご様子が、何事もたいそう麗々しく、仰々しいまでに盛りの六の君の装いが、何かと比較されるが、劣っているようにも思われず、親しみがあり美しく思われるのも、愛情が並々でないために恥をかくところもないのであろう。）

匂宮の回想によれば、六の君の父である夕霧は、かつて唐物の富に充ちていた父光源氏の六条院を意識するかのように、同じ邸で「高麗」や「唐土」の「錦」や「綾」をふんだんに使った調度をそろえて、婿取りの儀式を挙行したことになります。〈モノ〉としての唐物を惜しみなく投入し、富と権力と権威のデモンストレーション

図14－3　新婚三日目の匂宮と六の君　「源氏物語絵巻」宿木（二）
和田正尚模写　国立国会図書館

により、先に匂宮の妻となった中の君を圧倒しようという夕霧の意図がうかがえるところです。舶来品である唐物を使って他者を圧倒するという方法は、父光源氏の権力示威の歴史の踏襲ともいえます。

ところで、夕霧があつらえた唐物尽くしの調度は、じつは国宝の『源氏物語絵巻』の「宿木（二）」の段にも描かれています（図14－3）。この段は、まさに豪華絢爛《けんらん》というにふさわしい調度や衣装で埋め尽くされ、他の段の追随を許さない雰囲気をかもし出しています。最近では加藤純子氏が製作した復元模写により、「宿木（二）」の鮮やかな色彩がよみがえりました。

それにしても、この段の絵で気にな

るのは、青の色彩が氾濫していることです。褪色《たいしょく》した今日の『源氏物語絵巻』でも、青系の衣装や、紺裾濃《こんすそご》の几帳が群青《ぐんじょう》で鮮やかに彩られているなど、青味の勝った色合いがはっきりと認められます。復元模写の完成により、その色調がいっそう明らかになったわけですが、では青の色彩の強調には、どんな意味がこめられているのでしょうか。

それを考える際にヒントを与えてくれるのが、古典文学の色彩の研究者である伊原昭氏の説です。伊原氏は、上代からの左尊右卑の思想により、平安の歌合や物合、あるいは舞楽の左楽右楽の服色では、左方に赤色を配して上位とし、右方に青色を配して下位とするルールが成立したと指摘しています。

そして、そのルールによく当てはまるのが、『源氏物語』でいえば、絵合巻の左方と右方の対比なのです。絵合巻では、光源氏の養女として冷泉帝の後宮に入内した斎宮女御（故六条御息所《みやすどころ》の娘）と、ライバルの権中納言（頭中将）の娘の弘徽殿《こきでん》女御が絵をめぐって競い合うことになります。藤壺の御前での絵合では決着がつかず、勝負は、冷泉帝御前の絵合に持ちこされます。

そこで左方となった光源氏方が、唐渡りの紫の錦や赤紫の綺の調度品を用いて、格の高さを誇る一方で、権中納言方は青地の高麗の錦をつかい、当世風の華やかな雰囲気をかもし出したのです。しかし、権中納言は勝負に敗れ、右方の青は結局、敗者を象徴する色となってしまいます。

「宿木（二）」での青系の色の強調も、絵合巻の右方のように、その後の物語展開の予兆にもなっているのではないでしょうか。『源氏物語絵巻』の制作者は、いくら夕霧が光源氏を見ならい、唐物尽くしのインテリアを用意しても、所詮はその域に達しえないという含意をこめて、青の調度と衣装を描かせたのではないでしょうか。

結局のところ、夕霧が唐物の富の効果を、父光源氏のように十二分に発揮できぬまま、中の君はやがて匂宮の妻として優位にたち、六の君は劣位に置かれていくという物語展開を、この青の色調は先取りしているかのようです。

国宝『源氏物語絵巻』の絵には、その場面の挿絵の次元にとどまらず、しばしば深い意味がこめられています。「宿木（二）」では、青系の色彩の調度により、物語の行き着く先までも暗示したのではないでしょうか。

蜻蛉巻の調度の比喩

その後の物語では、蜻蛉《かげろう》巻にも唐物を使った調度が戯画的に引き合いに出される場面があります。匂宮と薫の間で板ばさみとなった浮舟が失踪し、宇治川に身を投げて亡くなったと信じる親族が、四十九日の法要を営んだ際、浮舟の母中将の君の夫である常陸介《ひたちのすけ》（継父）が感慨をいだくところです。

少将の子産ませて、いかめしきことせさせむとまどひ、家の内になきものは少なく、唐土、新羅の飾りをもしつべきに、限りあれば、いとあやしかりけり。この御法事の、忍びたるやうに思したれど、けはひこよなきを見るに、生きたらましかば、わが身を並ぶべくもあらぬ人の御宿世なりけりと思ふ。（蜻蛉）

（常陸介は、自分の娘に少将の子を産ませて、盛大なお祝いをさせようと大騒ぎし、邸の中にない物は少なく、唐土や新羅の調度の飾りつけまでもしたいのだが、限界があるので、まことにお粗末な有様であった。この御法事が、人目に立たないようにとお思いであったが、感じが格別であるのを見ると、もし生きていたら、自分など比肩できない方のご運勢であったと思う。）

常陸介は、実の娘（浮舟の継妹）が最近、婿の左近少将の子を産んだので、なんとか盛大な祝いをしようと大騒ぎをしています。しかし、上流貴族のように唐土や新羅の品を使った調度までも用意したいと念じても、しょせんは無理な話というものです。逆に侮っていた浮舟に対して、薫や匂宮の心寄せで立派な法事が営まれるのを目の当たりにして、浮舟の運命を惜しむのです。

この場面では、常陸介一家には不釣り合いな品として、唐土や新羅の品をつかったインテリアが引き合いに出されたわけですが、唐物がじっさいに登場することはありません。こうした描かれ方は、光源氏亡き後の宇治十帖では、もはや唐物が活躍する物語がよみがえりえず、描かれても戯画的な状況しか紡ぎだせないことを象徴的に告げるかのようです。

『今昔物語集』の分不相応な室礼

『源氏物語』の中から、光源氏、朱雀院、夕霧、そして常陸介と四人の父親が愛娘のために用意した調度を見てきたわけですが、そこには娘への鍾愛という次元にとどまらない思惑がしばしば絡むことがおわかりいただけたかと思います。娘を実物以上に格上げしたいという熱い思いが唐物の錦や綾をつかったインテリアにはこめられていたのです。

そして、そんな父としての思いは『源氏物語』に限らないことであり、たとえば、『今昔物語集』の巻三十一には、こんな話が載っています（「大蔵史生宗岡高助傅《おおくらのししょうむねおかのたかすけむすめをか》娘語《しづくこと》第五」）。昔、大蔵省の史生《ししょう》（下級役人、末席の書記）であった宗岡高助という者が、みずからは卑しげな風体をしていながら、唐門の門構えの大邸宅を建て、娘二人に贅沢三昧の暮らしをさせていました。貴族でもない男が、財力にまかせて上流貴族なみの寝殿造の屋敷を構え、しかるべき出自の見目麗《みめうるわ》しい女房二十人や童四人を集めて、つねに正装させて娘に仕えさせたのです。

今昔《いまはむかし》、大蔵《おほくら》の最下の史生に宗岡の高助《たかすけ》と云ふ者有き。行く時には垂髪《うなゐ》にて、栗毛なる草馬《めむま》を乗物にして、表の袴、袙《あこめ》襪《したうづ》などには布をなむしたりける。此の高助下衆《げす》と云乍《いひなが》らも、身の持成《もてな》し有様など、無下に賤しくなむ有ける。家は西の京になむ住ける。堀河よりは西、近衛の御門よりは北に八戸主《やへぬし》の家也。南に近衛の御《み》門面《かどおもて》に唐門屋《からもんや》を立てたり。其の門の東の脇に、七間の屋を造て、其れになむ住ける。

其の内に綾檜垣《あやひがき》を差廻《さしめぐら》して、其の内に小《ちひさ》やかなる五間四面の寝殿を造て、其れに高助が娘二人を令住《すまし》む。其の寝殿を（しつらひ）たる事、帳を立て、冬は朽木形《くちきがた》の几帳の帷《かたびら》を懸け、夏は薄物の帷を懸く。前には唐草《からくさ》の蒔絵《まきゑ》の唐櫛笥《からくしげ》の具を立たり。女房二十人許《ばかり》を仕はせけるに、皆裳《も》唐衣《からぎぬ》を着せたりけり。娘一人が方に十人づゝなるべし。童四人に常に汗衫《かざみ》を着せたりけり。其れも二人づゝ仕はするなるべし。

（今は昔、大蔵省の最末席の書記に宗岡高助という者がいた。道を行く時は垂れ髪で、栗毛の貧弱な雌馬を乗り物にし、表の袴、袙、襪などは粗末な布を用いていた。この高助は身分が低いとはいっても、身のこなし、姿などがとりわけ卑しげであった。家は西の京にあったが、堀河小路よりは西、近衛大路よりは北にあり、八戸主の家である。南は近衛大路に面して唐門屋を立ててあり、その門の東のわきに七間の建物を建て、そこに住んでいた。

その敷地内に綾檜垣を巡らし、その中に小さな五間四面の寝殿を造り、そこに高助の娘二人を住わせた。その寝殿の〔しつらい〕といえば、帳台をすえつけて、冬には朽ち木模様の几帳の帷をかけ、夏には薄物の帷をかける。その前には唐草模様の蒔絵《まきえ》の化粧箱一式を置いてある。女房二十人ほどを仕えさせ、それらに皆、裳・唐衣を着せた。娘一人について女房十人ずつということになろう。また、女童四人を置き、つねに汗衫を着せてある。それも娘一人に二人ずつ仕えさせたのであろう。）

その室礼では、几帳の帳《とばり》も季節によって変え、唐草の蒔絵をほどこした唐櫛笥の箱を前に据えています。まさに分不相応をつげる調度品の代表格として、唐風の調度品が語られているのです。

ちなみに唐櫛笥とは、ここでは唐草文様の蒔絵で脚のついた唐風の櫛箱のことです。『源氏物語』では、末摘花の邸宅にあった品ですが、光源氏はそうしたインテリアを古風であっても、さすが故常陸宮の屋敷だけのことはある由緒ある品と感じ入っています。

こうした調度に加え、娘二人、女房や童にも贅沢な衣装を着せたのは、高助が娘の婿に法外にも上達部とよばれる公卿を望んだからでした。そして、その望みもはたさぬままに高助は亡くなり、分不相応な暮らしをさせた天罰が下ったのか、娘たちの世話をしてくれる人もなく、二人は零落して死んでしまいます。父親の娘たちへの過剰な期待が、アンバランスな調度や衣装にこめられたものの、結局は悲劇に終わってしまった例といえます。

このように唐物や唐風の調度はそのフォーマルさゆえに、所有者とのアンバランスを起こして、逆に悲劇の材料となってしまうこともあったのです。

＊

次章は調度ともかかわる調度手本とよばれるものと、その素材である紙に注目してみましょう。

第十五章　王朝の紙の使いみち

日本における紙の歴史

日本で紙が作られ始めた時期はさだかではなく、四、五世紀には朝鮮半島からの渡来人の手により紙漉《す》きがおこなわれていたと推測されています。また、『日本書紀』の推古朝十八年（六一〇）の記事によれば、高麗《こま》（高句麗）王が日本に僧侶の曇徴《どんちょう》と法定《ほうじょう》を派遣し、曇徴は絵の具、紙、墨、石臼（碾磑《てんがい》）などの製法を知っていたとあります。彼が日本での製紙の創始者とは書かれていませんが、石臼を使って紙の原料を細かくするような新しい製法をもたらしたのかもしれません。

大宝律令（七〇一）など律令の体制下では、「図書寮《ふみのつかさ》」が置かれ、国史の編纂《へんさん》や文書の保存、紙の製造などが行われたとされています。また諸国から紙が貢進もされ、おもな産出国としては、越前・美濃《みの》・大和《やまと》・淡路・播磨《はりま》・美作《みまさか》・出雲《いずも》・土佐《とさ》などがありました。

『正倉院文書』の神亀《じんき》四年（七二七）から宝亀《ほうき》十一年（七八〇）には、二三三種類の紙名があり、原料名を示す麻紙・斐《ひ》紙・穀《こく》紙などの他に、紙屋《かんや》紙・上野《かむつけ》紙・美濃紙などの産地名や固有名詞を冠するもの、加工法を表すもの、形と質を表すもの、用途を示すもの、染料の名を示すもの、色相を示すものなど、実に多くの紙の名が見えます。

平安時代には、平城天皇の大同《だいどう》年間（八〇六―八一〇）は朝廷の製紙所である紙屋院《しおくいん》（「かんやいん」とも）が、図書寮の別所として、紙屋川のほとりに設けられ、多くの紙が生産されていました。

紙屋院の場所は、源高明の『西宮記《せいきゅうき》』によれば、嵯峨の野宮の東方ですが、紙屋川が京都の西北の北野と平野の間を流れるので、紙屋院は北野天満宮付近であったという説もあります。

源順《みなもとのしたごう》が編纂した辞書の『和名類聚抄《わみょうるいじゅうしょう》』には、紙の種類として、「色紙、檀紙《だんし》、穀紙、紙屋紙、松紙、河苔紙《かたいし》、斐紙、薄用紙」などが挙げられています。

地方での紙の生産も奈良朝からさらに盛んになり、また、天台宗の祖である最澄は、延暦二三年（八〇四）に遣唐留学僧として渡航した折、筑紫斐紙（雁皮紙《がんぴし》）二〇〇張を、日本の独特のすばらしい紙として、みやげものにして献じています。『西宮記』には「陸奥紙《みちのくにがみ》」の名も見え、陸奥国で良質な紙が生産されていたことがわかります。

となると、国産紙でもそれなりに良質な紙は確保できたわけですし、唐物である唐の紙や、高麗の紙が消費されたのは、もっぱら奢侈《しゃし》品（贅沢品）や威信財（ステイタス・シンボル）としてということになります。

梅枝巻の調度手本

そんな舶来の紙の価値がいかんなく示されているのが、『源氏物語』の梅枝巻の草子作りの条でしょう。光源氏は、愛娘《まなむすめ》である明石姫君が入内する際に持参する草子箱におさめる書の手本を蒐集《しゅうしゅう》します。交流のあった女君たちや、男性官人にも、新しい手本を作成してくれるよう依頼します。

そして、光源氏みずからも、能筆をいかんなく発揮した手本を作成し（図15－1）、訪れた弟の蛍兵部卿宮は、その出来ばえに息をのみます。それは、唐の紙、高麗の紙、紙屋院の色紙それぞれの特性をふまえて書体を変えた絶妙な仕上がりの手本だったのです。

唐の紙のいとすくみたるに、草《さう》書きたまへる、すぐれてめでたしと見たまふに、高麗の紙の、膚《はだ》こまかに和《なご》うなつかしきが、色などははなやかならで、なまめきたるに、おほどかなる女手《をむなで》の、うるはしう心とどめて書きたまへる、たとふべき方なし。見たまふ人の涙さへ水茎《みづくき》に流れそふ心地して、飽く世あるまじきに、またここの紙屋《かむや》の色紙《しきし》の色あひはなやかなるに、乱れたる草の歌を、筆にまかせて乱れ書きたまへる、見どころ限りなし。（梅枝）

（唐の紙でたいそう堅い材質に、草書（一説に草仮名）をお書きになっているのが、とりわけ結構であると御覧になると、高麗の紙で、きめが細かで柔らかく優しい感じで、色彩などは派手でなく、優美な紙に、おっとりした女手で、形を整えて心を配ってお書きになっているのが、喩《たと》えようもないほどすばらしい。御覧になる方の感涙までが、筆跡に沿って流れるような感じがして、見飽きる時のなさそうなところへ、さらに、わが国の紙屋院の色紙の、色合いが派手なのに、乱れ書きの草仮名の歌を、筆にまかせて散らし書きになさったのは、見どころが尽きないほどである。）

愛娘の入内に際して、名筆家の手本の収集に余念がないという光源氏の姿は、権力者の習いであり、歴史上では、とりわけ道長の面影を彷彿《ほうふつ》とさせます。『栄花物語』によれば、長保元年（九九九）に娘彰子が一条天皇の後宮に入った際、道長は、巨勢《こせの》弘高《ひろたか》が歌絵を、時の能書家の藤原行成が和歌を書いた冊子を用意し、一条帝の目を釘づけにしたといいます（かかやく藤壺の巻）。こうした美麗な調度に惹《ひ》かれて、一条天皇は、片生《かたな》りの少女彰子のもとに足しげく通ったのです。

道長はとくに行成の筆跡を好み、しばしば注文してもいました。第一章でも少しふれましたが、寛弘五年（一〇〇八）十一月十七日、念願の皇子誕生の後に宮中へ還啓する彰子への贈物は、行成と僧延幹が筆を染めたという『古今集』『後撰集』『拾遺

図15－1　光源氏の手本作り　『絵入源氏物語』梅枝　国文学研究資料館

抄』の見事な調度用の手本でした（『紫式部日記』）。

さらに『御堂関白記』の寛仁二年（一〇一八）十月二十二日、土御門殿行幸の条によると、道長は、小野道風と藤原佐理《すけまさ》の真筆を東宮に、行成筆の『古今集』二帖《ちつ》を彰子にそれぞれ贈呈しています。

唐の紙の複雑さ

さて、梅枝巻に出てくる唐の紙について、少し詳しく見てみましょう。それは広くいえば、中国から船載された紙すべてを指します。すでに『正倉院文書』には、「唐麻紙」「唐白紙」「唐色紙」「大唐院紙」などがあり、麻紙であった唐紙が写経に用いられたことがわかります。奈良時代の唐紙は主として麻紙でした。

しかし、狭義の意味では、北宋から輸入された紋唐紙とか、具引雲母刷紙《ぐびききらずり》とよばれる鮮やかな色彩と雲母刷りが特徴の紙を指します。おもに竹を原料とした紙の表面に胡粉を塗り、さらに唐草や亀甲などの文様を刻んだ版木を用いて、雲母で型文様を摺り出した美しい紙でした。

今日残されている作品では、『粘葉本《でっちょう》和漢朗詠集』（図15－2）や『巻子本《かんす》古今集』、また『本阿弥切《ほんあみぎれ》本古今和歌集』『寸松庵色紙《すんしょうあんしきし》』等の古筆に、そうした船来の唐の紙が使われています。

そして唐の紙は、日本でもその模造品がさかんに作られました。『元永本古今和歌集』や『東大寺切』等の料紙がそうした和製の唐紙であったとされます。さらに和製の唐紙が多くつかわれた作品で、もっとも有名なものといえば、国宝の『西本願寺本三十六人家集』でしょうか。

三十六歌仙の各家集を集成し、白河法皇に献上したもので、美術史や工芸史の上からも高い評価を受けていますが、そこで使われている雲母摺りの華麗な料紙も、多くは和製の唐紙の最高傑作です。なお今日、「からかみ」とよばれる紙のルーツもそれで、室町時代以降は、書く紙としてより、障子に張られる紙としての需要も多くなり

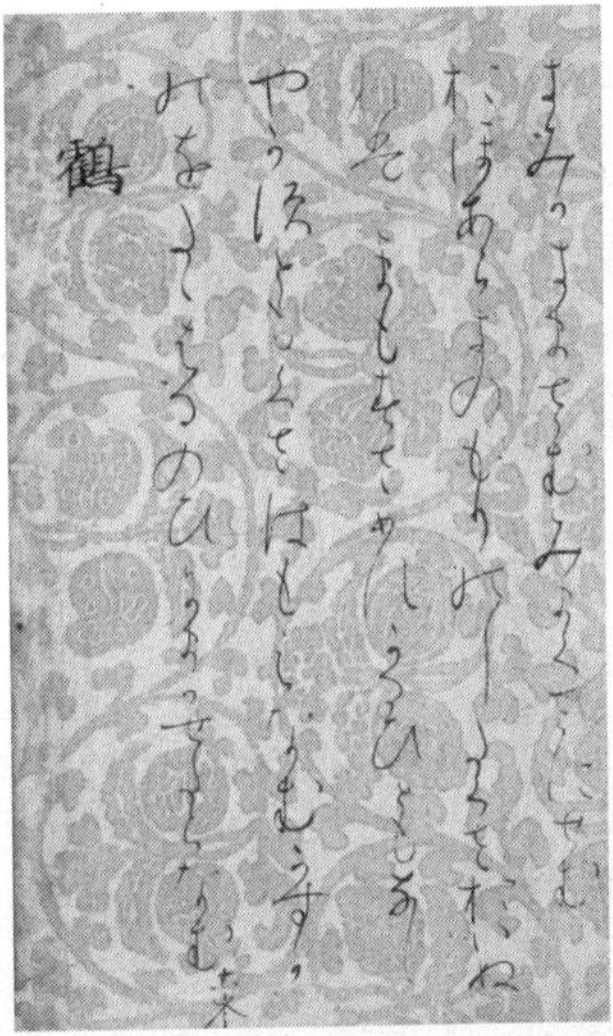

図15－2　唐草文様の唐紙　『粘葉本和漢朗詠集』(伝藤原行成)　平安時代（11世紀）　宮内庁三の丸尚蔵館

ます。

さて、『源氏物語』にもどりますと、「唐の紙」は必ずしも和製の唐紙とはいえず、中国から舶載された紙を指しているようです。光源氏は唐の紙を、朝顔の姫君や朧月夜への消息など、特別な心遣いを要する場合に使っています（葵《あおい》巻・賢木巻）。

しかも朧月夜に手紙を送る際には、光源氏は、「唐の紙ども入れさせたまへる御厨《み》子《し》開けさせたまひて」とありますから、唐の紙だけを大事に分けて御厨《づ》子（手文庫のようなもの）に保管していたこともわかります。

須磨の光源氏のもとに六条御息所が白の唐の紙を四、五枚つかって消息をよこしたり（須磨巻）、柏木が玉鬘への懸想文に縹色《はなだいろ》の唐の紙を使ったり（胡蝶《こちょう》）と、光源氏ならずとも、格別な心遣いを要する時に特に選ばれた料紙であったようです。

第四章でふれたように、無骨者の大夫監も、玉鬘への求婚の手紙を送るに際しては、舶来の「よき唐の色紙」を使っています。ここでの「唐の色紙」は、田舎者まるだしの大夫監が使うにはまったく分不相応なものであることを、あえて印象づけるものです。しかし、これは一方では、大夫監が大宰府の三等官として、唐物である色紙を入手しやすい立場であったことを如実に示しているわけです。

同じように筑紫から上洛した玉鬘が、六条院に迎えられる際には、周囲も気を遣って「唐の紙」に香をたきしめたもので、光源氏に返事を書かせようとします。落ちぶれた玉鬘一行であっても、やはり筑紫の地の利により「唐の紙」をもっていたわけです。こうした例からも、『源氏物語』の「唐の紙」は和製ではなく、舶来のものと見た方がふさわしいでしょう。

さらに唐の紙についてみてみますと、梅枝巻で「すくよか」（ごわごわしている）といわれていますし、鈴虫巻では「もろくて」、女三の宮の持経の料紙には向かないとされます。唐の紙がもろいというのは、紙質が地厚で硬いためという説もありますが、むしろ宋代は竹の繊維で作った紙が多かったからでしょうか。竹を原料とした紙はやがて改良されて、なめらかで丈夫なものになっていきますが、初期の紙は粘りがなく、やぶれやすいものだったのです。

『源氏物語』より少し時代がくだりますが、『夜の寝覚《ねざめ》』という物語には、「あをき唐の薄様《うすやう》に御文書き給ひけるを」と唐の紙の薄様があります。北宋になって発達した竹紙も、改良されて、薄くなめらかで丈夫なものになっていったわけです。

また唐の紙の特徴として色紙、つまり染め紙が好まれたようです。『大鏡』伊尹伝《これただ》には、藤原行成が一条天皇に献上した扇が、「黄なる唐紙の下絵ほのかにをかしきほどなるに」とあります。

『枕草子』の「清水に籠りたりしに」の段でも、清水寺に参籠した清少納言に、中宮定子から「唐の紙の赤みたる」に草仮名で歌が書かれた細やかな心遣いの手紙がとどけられます。『うつほ物語』にいたっては、渡唐した俊蔭や俊蔭の父清原王の詩集、俊蔭母の歌集の紙として、唐の色紙がくり返し出てきます。楼の上《うえ》上巻で俊蔭女から朱雀院にあてた手紙も、「唐の紫の色紙」に書かれていますし、『うつほ物語』の唐の色紙は俊蔭一族にまつわり、その文化的な優位を象徴する紙になっています。

唐の紙の格調の高さ、そのフォーマル度は万能で、『源氏物語』にかぎらず、『うつほ物語』や『枕草子』に照らしても、特に改まった場面で重宝されたことがうかがわれます。まさに贅沢品であり、唐物らしい威信財（ステイタス・シンボル）としての使われ方ということになるでしょう。

高麗の紙の謎

さて、唐の紙の用例が豊富なのに対して、曲者《くせもの》なのは、むしろ「高麗の紙」の方です。『源氏物語』の梅枝巻で、「唐の紙」「高麗の紙」と対等に語られるので、「唐の紙」と同様に、平安の貴族社会に流通していたと思われがちです。しかし、高麗の紙は王朝文学を博捜しても、『源氏物語』の三例に限られるのです。

くり返しになりますが、梅枝巻では、「高麗の紙の、膚こまかに和うなつかしきが、色などははなやかならで、なまめきたるに、おほどかなる女手の、うるはしう心とどめて書きたまへる、たとふべき方なし」とありました。

この場面では、色合いの地味な高麗の紙は、きめ細かく、より女性的で、女手（平仮名）に調和する紙とされています。ちなみに明石巻で、光源氏は明石の君への最初の消息に、胡桃《くるみ》色の高麗の紙を選ぶ心遣いをみせます。

この紙について、高麗の紙が胡桃色というのは、梅枝巻での「色などははなやかならで」のイメージと重なっています。また同じ梅枝巻の少し手前にも、光源氏が夕霧や兵衛督《ひょうえのかみ》や柏木といった若い公達たちに手本を依頼する条でも、「高麗の紙」が出てきます。

高麗の紙の薄様だちたるが、せめてなまめかしきを、「このもの好みする若き人々試みん」とて、宰相《さいしょう》中将、式部卿宮の兵衛督、内の大殿の頭中将などに、「葦手《あしで》、歌絵を、思ひ思ひに書け」とのたまへば、みな心々にいどむべかめり。（梅枝）

（高麗の紙の薄様ふうなのが、はなはだ優美なので、「あの風流好みの若い人たちを試してみよう」とおっしゃって、宰相中将（夕霧）、式部卿宮家の兵衛督、内大臣家の頭中将などに、「葦手、歌絵を、各自思い通りに書きなさい」とおっしゃるので、皆それぞれ工夫して競争しているようである。）

そこでも「高麗の紙」が日本の「薄様」（薄手の雁皮紙）に似て、「なまめかし」さが特徴であるというのも、やはり光源氏の手本での語られ方と重なっています。

しかし、『源氏物語』である一定のイメージで語られている高麗の紙を、他の平安文学や記録に求めても、なぜか探しあてることができないのです。もっとも、高麗紙に限定せずに、胡桃色の紙に注目すれば、『枕草子』や『後拾遺和歌集』に例がありますが、それらはいずれも写経や仏事に関わって使われたもので、あまり参考になるとはいえません。

つまり舶載された高麗の紙の実態について、他の平安の文学や記録からうかがうことは難しいといわざるをえないのです。

平安の高麗紙の実態については、池田温《おん》氏や久米康生《やすお》氏といった先学の研究が参考になります。その成果に導かれていえば、朝鮮半島の紙は、高句麗・新羅・百済の三国時代から、中国の諸王朝への朝貢品でした。

高麗の時代には、宋が高麗紙を高く評価し、高麗紙は、「縝実《しんじつ》（こまやか）で瑩《うつく》しい」としています。この「縝実」というのは、なるほど梅枝巻の「膚こまかに」に通じます。高麗紙は、紙をやわらかくするため砧《きぬた》で打つので、緻密で光沢があったといいます。

ところが、『鶏林志《けいりんし》』には「高麗の楮紙は光白く愛すべくして、白硾紙《はくつい》と称した」

とあるように、白く光沢があるとしています。『宋史』にも、高麗で白硾紙を産出することを指摘しています。

また明代の文献などを参照すると、高麗紙は繭紙《けんし》とよばれ、白く地厚で丈夫なことがその特徴とあります。新羅時代にさかのぼれば、たしかに七五五年に製作された『白紙《はくし》墨書《ぼくしよ》華厳経《けごんきよう》』のような遺品もあり、それは白紙三十枚をつないだ長さ十四メートルの経文でした。

こうした例に見るかぎりは、『源氏物語』での、薄様に似て、胡桃色をはじめ華やかではない色の「高麗の紙」のイメージとは必ずしも一致しないことになります。しかし高麗の時代、紺紙《こんし》・橡紙《つるばみがみ》・茶紙・翠紙などに染色して写経用に使われていたともいいます。

高麗からは中国で好まれた地厚で白い硬紙だけが輸出されたわけではなく、日本で好まれたような地味で薄手の染色紙も輸出されたのかもしれません。そう考えれば、梅枝巻の高麗の紙についても説明がつきます。

そのように中国で好まれた白く厚手の高麗紙ではない紙が、日本に輸入されたとみれば、あらためて、『源氏物語』での唐の紙や日本の紙屋紙との質的な違い、その文化性といったものが注目されるのではないでしょうか。ここでいう文化性とは、文化のもつ男性性・女性性といった意味です。

平安文化にあっては、唐《から》の文化を体現する漢詩・漢字（真名）・唐絵と、和《やまと》の文化を体現する和歌・仮名・やまと絵といった和漢の対照があり、それらが公と私の世界で使い分けられていました。唐の文化を男性的、和の文化を女性的とするならば、高麗はその中間に位置するかのようです。

地厚で格調の高い「唐土」の紙、色彩が華やかで腰のつよい紙屋院の紙の中間に、柔らかで色彩の地味な「高麗」の紙が位置し、光源氏は三種の料紙に似つかわしい書体を組みあわせて、手本を作成しているのです。

じつは、この光源氏の手本については、『うつほ物語』の国譲上巻で仲忠が手本を作った場面の影響があったといわれます。それは仲忠があて宮腹の若宮へ献上した手本で、鮮やかな料紙の色と付ける植物にあわせて、楷書・草書・草仮名・平仮名・片仮名と書体を変えたものでした。

『源氏物語』は、『うつほ物語』のその場面を意識しながら、おそらく二番煎じをさけようとしたのでしょう。光源氏の手本の卓抜さは、唐・高麗・和と料紙を変えて、その紙のもつ文化性と書体をみごとに配合させたところにあります。

そう考えると、選ばれた高麗紙が仮に中国で好まれた地厚で白い硬紙では、「唐の紙」と変わらないことになってしまいます。『源氏物語』ではあえて「唐の紙」とは差をつけた、高麗紙を登場させているともいえるのではないでしょうか。平安朝のほかの用例に照らすことができない以上、梅枝巻の「高麗の紙」の特性は、『源氏物語』がことさら強調してみせたものかもしれないのです。

美しかった紙屋院の紙

それでは、それぞれ特色のある唐の紙や高麗の紙に対して、国産の紙は王朝文学でどのようなイメージで語られているのでしょうか。梅枝巻にも出てくる紙屋紙から補

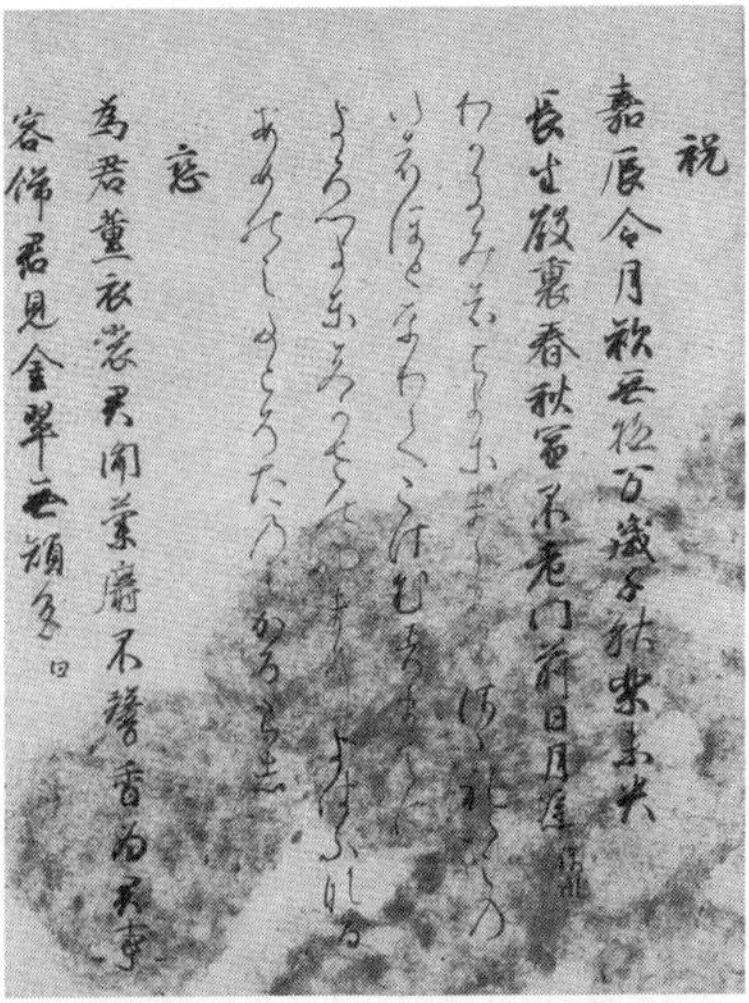

図15－3　飛雲入りの料紙『雲紙本和漢朗詠集』（源兼行）平安時代（11世紀）宮内庁三の丸尚蔵館

足的に見ていきたいと思います。

光源氏の手本では、官営の紙屋院で作られた華やかな色紙は、和歌を草仮名で奔放に書き散らすのにふさわしいとされます。

そもそも紙屋院では、毎年二万枚もの紙を内蔵寮《くらりょう》に納めることが『延喜式』に定められていて、宣旨《せんじ》・綸旨《りんじ》・写経の紙など、宮廷で使用される上質な紙が生産されていたようです。

紙屋院では、はじめ檀紙のようなシンプルな公文書に向く紙を漉いていたのが、しだいに打曇《うちぐもり》や飛雲《とびくも》のような模様を入れた紙（図15－3）や染め紙など装飾的な紙を製作するようになったといわれます。やはり『延喜式』によれば、斐（雁皮）を混ぜることで、薄手で丈夫な色紙を生産したとありますので、光源氏が染筆したのも、そんな紙なのでしょう。

『枕草子』の「頭の弁、職にまゐりたまひて」の段では、藤原行成が清少納言に対して手紙をよこした際には、蔵人所に置かれた紙屋紙を重ねて書いています。一方で、『蜻蛉日記《かげろう》』には、道綱母が失脚した源高明《たかあきら》の北の方である愛宮に同情して長歌を詠み、それを紙屋紙に書かせて正式な立文にして送るという場面があります。そんな少し改まった用途にふさわしい紙であることと、宮中にかぎらず道綱母の邸などにもあった紙であることがうかがえます。

ところが、平安末期になり、紙屋院の機構が衰えると、紙の原料も入手困難になり、「宿紙《しゅくし》」とよばれる漉き直しの再生紙ばかりが生産されるようになります。そして紙屋紙は粗悪な灰色の紙の代名詞となってしまいます。

しかし『源氏物語』の梅枝巻をみる限り、こうした上質で華やかな色紙が作られていた時代もあったのです。しかも鈴虫巻にも、女三の宮の持経の阿弥陀経のために、光源氏が紙屋院の人に特別に漉かせた料紙を用いたとあります。紙屋紙が貴族の邸に流れるばかりでなく、時にはこんな風に上流貴族の特別注文にも応じて、美しい紙が漉かれたこともうかがわれます。

評価が分かれる陸奥紙

官製の紙で、都で生産された紙屋紙に対して、地方で生産された紙はどうでしょうか。地方の紙の代表格、『源氏物語』にも例が多い陸奥紙（＝陸奥国紙とも書く）について、最後に見てみましょう。

陸奥紙は、陸奥国で生産され、楮《こうぞ》の樹皮から作った、厚手の白い紙でした。上質の紙で、公文書や消息の料紙や畳紙《たとうがみ》とよばれる懐紙などに用いました。特に紙屋紙の質が落ちてくるにつれ、陸奥紙は公文書をはじめ重宝されたようです。

『枕草子』も陸奥紙を、とくにその白さを絶賛しています。「心ゆくもの」（気が晴れるもの）の段では、「白く清げなる陸奥紙に、いといと細う書くべくはあらぬ筆して、文書きたる」（白くて汚れのない陸奥紙に、ほんとうに細くは書けそうもない筆で、手紙を書いたのは気が晴れる）と賛美されています。

白く地厚な紙は、仮名ばかりでなく、真名とよばれる漢字を書くのにふさわしく、清少納言好みの紙だったのでしょう。「うれしきもの」の段にも、「陸奥紙、ただのもよき、得たる」（陸奥紙を、ふつうのでもよいから手に入れたの）とあります。

次の「御前にて、人々とも、またもの仰せらるるついでなどに」の段にも、世間にすっかり嫌気がさした時でも「良き筆、白き色紙、陸奥紙など得つれば、こよなう慰みて」（良い筆、白い色紙、陸奥紙などを手に入れると、すっかり心が慰んで）とあります。清少納言にとって、落ち込んだ時も、陸奥紙の清々しい白さに触れれば慰められるという、文句なしに嬉《うれ》しい品であったわけです。このように『枕草子』は陸奥紙をプラス・イメージで語っています。

ところが、『源氏物語』を読むと、陸奥紙へのそんな高い評価は、呆気《あつけ》ないほど揺らいでしまうのです。もっとも陸奥紙の十例のうち、半分は光源氏、明石入道、柏木、薫など男性が書く紙として出てきていて、これは普通の使われ方といえるでしょう。

この物語で特徴的なのは、女性にかかわる五例で、しかも、そのうち三例までが末摘花に関わるものなのです。これらの例には、陸奥紙が『源氏物語』でどのようにイメージされていたか、考えるヒントが鏤《ちりば》められています。

『源氏物語』では、女性が手紙に陸奥紙を使うのは、どうやら無風流でセンスのないことであり、時にはわざとセンスのないふりをして、相手を拒むというテクニックでもあったようです。

たとえば胡蝶巻では、光源氏の懸想めいた文に対して、玉鬘がわざと無風流な陸奥紙で拒絶的な返事を書いています。玉鬘が六条院に迎えられる際には、周囲も気をつかって「唐の紙」に香をたきしめたもので、光源氏への返事を書かせたくらいですから、他に紙がないわけではないでしょう。

宿木巻では、宇治の中の君が薫に宛てた手紙に陸奥紙を使い、真面目《まじめ》ぶってしたため、薫の執心をかわそうとします。つまり二つの例は、ほんらい女性が使うのは無風流とされる陸奥紙をわざと選び、素っ気なく使うことで、相手に自分の意図するところを伝えるというものです。

そうしてみると、陸奥紙は、現代でいえば事務用の白い便箋《びんせん》のようなものかもしれません。玉鬘も宇治の中の君もほんらい薄様のような優美な紙で返事を書いてもよかったところを、無粋な事務用の紙をわざと使って、拒否する心を伝えたということなのでしょう。

さて、末摘花にまつわる例をみてみますと、末摘花巻では、光源氏に古びた衣装を贈る際につけた手紙は、「陸奥国紙の厚肥えたるに、匂ひばかりは深う染めたまへり。」（陸奥紙の厚ぼったくなった紙に、薫物の匂いだけは深くたきしめてある）とありました。

衣装の趣味の悪さに加えて、手紙を女らしい薄様でなく陸奥紙に、しかも古風な「からころも」の歌を書いたことに、光源氏は嫌悪感をつのらせます。亡き父常陸宮の時代に手に入れた陸奥紙は、厚手なので、香をしみこませやすいという利点はあるのですが、歳月が経つと、湿気でぼってりと野暮ったいくらいに厚ぼったくなってしまうのです。

蓬生《よもぎう》巻では、「うるはしき紙屋紙、陸奥国紙などのふくだめるに、古事どもの目馴れたるなどはいとすさまじげなるを」（きちんとした紙屋紙、陸奥紙などの厚ぼったいのに、古歌のありふれた歌が書かれているのなどは、実に興醒《きょうざ》めな感じがするが）と、昔物語や古歌の書に囲まれた末摘花の日常が戯画的に点描されています。この古歌の書も、父常陸宮の持ち物だったのでしょう。

さらに、玉鬘巻の衣配りでも、光源氏からの新春用の衣装の贈り物に対して、その返事を「いとかうばしき陸奥国紙のすこし年経、厚きが黄ばみたる」（とても香ばしい陸奥紙で、少し古くなって厚く黄ばんでいる紙）に書いて、光源氏を辟易《へきえき》させるという例があります。末摘花巻よりさらに時間が経って、陸奥紙は、ますますぼってりとするばかりか、変色して黄ばんでもくるのです。

第八章や第九章で見たように、末摘花は「青磁」や「毛皮」など唐物のまつわりつく女君でありながら、最高の美意識に繋《つな》がるような舶来の紙については、物語は巧妙にその結びつきを避けた感があります。

「黒貂の皮衣」や「秘色」青磁など、かつて流行した唐物にかこまれつつ、新しい唐物を入手する手づるをもたない末摘花は、舶来の唐や高麗の紙ではなく、陸奥紙を使い続けることで、ある一貫した個性なり、イメージを読者に対して主張しているかのようです。

『源氏物語』では陸奥紙をあえて末摘花と結びつけることで、その人物の造型を生彩のあるものとしました。そして、それと差しかえに、陸奥紙は不名誉なイメージにまみれてしまったのです。

しかし、思えば陸奥紙じたいに本来そんなマイナスのイメージがあるとは到底思われません。むしろ、『うつほ物語』では高貴な女性の手紙用の紙として活躍し、『枕草子』ではその白い清々しさが絶賛されていました。

その他の平安文学や記録でも、都の紙屋紙に並ぶ立派な地方の紙として称賛されています。『源氏物語』はそれを知りながらも、もはや『うつほ物語』の価値観が通用する時代でないことを示し、『枕草子』での陸奥紙への肩入れも批判したかったのかもしれません。

＊

さて最後の章では、唐物といっても、〈モノ〉ならぬ〈イキモノ〉の珍獣に注目してみたいと思います。それは、前章でみた唐風の調度が幸福をもたらさなかった女三の宮にまつわるもう一つの唐物、唐猫にスポットを当てる章ということにもなります。

第十六章　舶来ペットの功罪

『あさきゆめみし』の黒猫

ここでいう舶来のペットとは、鸚鵡《おうむ》・孔雀《くじやく》・鴿《はと》・白鵝《はくが》・唐犬《からいぬ》・唐猫《からねこ》・唐馬《からうま》などの鳥獣類を指しますが、その代表格といえば、やはり唐猫でしょうか。

『源氏物語』で柏木が女三の宮との密通をおこすきっかけとなった垣間見《かいまみ》のシーンで唐猫が登場することは、あまりにも有名です。第十二章でも原文を載せましたが、桜が爛漫《らんまん》と咲き乱れる六条院の庭で、蹴鞠《けまり》が催され、光源氏の息子の夕霧や柏木たちがうち興じます。

その時、女三の宮の飼っていた唐猫が大きな猫に追われ、驚いて御簾の下から走り出たところ、猫の首につけた紐がひっかかり、御簾がまくれあがってしまいます。そして御簾のそばで蹴鞠見物を楽しんでいた女三の宮は、はからずもその立ち姿を夕霧や柏木に見られてしまったのです（図16－1）。夕霧はその軽率さに眉をひそめますが、以前から女三の宮に思いを寄せていた柏木は、まさに魂を射貫かれたように、恋の虜《とりこ》になってしまったのです。

『源氏物語』を漫画化して有名な『あさきゆめみし』では、この唐猫は、真っ黒な猫であり、まことに印象的です。というのも近世の源氏絵、特に土佐派の絵師たちは、この蹴鞠の場面を好んで絵画化しますが、おおむね白と黒のぶちの猫が描かれています。

『あさきゆめみし』では、女三の宮は、少女漫画の定番の目に星が入った顔ではなく、光のない真っ黒な瞳で描かれているのが特徴的で、この黒猫と照応しているのではないかと、以前から気になっていました。

ところが、その後、大和和紀さんとトークショーをする機会にめぐまれ、この黒猫はマネの『オランピア』の影響を受けたものであることがわかったのです。女三の宮の唐猫は、娼婦《しょうふ》の足もとにたたずむ黒猫のイメージで描いたというのです。

黒は、悪魔や娼婦性の象徴で、つまり女三の宮の性的な要素をあらわし、また最後に女三の宮を襲う六条御息《ろくじょうのみやすどころ》所の怨霊の悪魔性とも照応しているのだそうです。まさに黒の色のもつイメージを活かした描き方というわけですが、唐猫が黒猫として描かれるというのは、じつは日本に舶載された唐猫の歴史から考えても、根拠のあることなのです。

というのも、唐猫の存在が文献の上で最初に確かめられるのは、宇多天皇の日記『寛平御記《かんぴょうぎょき》』の寛平元年（八八九）二月六日の条ですが、宇多天皇が飼った唐猫は、墨のように黒々とした色で、その毛並みが絶賛されているからです。その記事を現代語訳で紹介します。

　暇ができたので、私の猫について書いておく。大宰府の次官、源精《みなもとのくわし》が任期を終えて都に上った際、先帝（宇多の父、光孝天皇）に献上した一匹の黒猫がいる。その毛色がたぐいなく美しいので、先帝は大層かわいがられた。

図16－1　六条院の蹴鞠での垣間見　尾形月耕「源氏五十四帖」若菜下　国立国会図書館

　ほかの猫はみな浅黒い色をしているのだが、この猫だけは墨のように真っ黒で、容姿は韓盧（紀元前、中国の戦国時代に、韓という国に産した名犬の名）に似ている。体長は一尺五寸（約四十五センチ）、高さは六寸（約十八センチ）ばかりである。（中略）いつも頭を低くし、尾を地に着けているが、背中を立てると高さ二尺（約六十センチ）ばかりにもなる。また、夜によくネズミを捕り、ほかの猫と比べると敏捷《びんしょう》だ。
先帝はこの猫を数日愛玩されたあと、私に下さった。私がこの猫を慈しみ育ててきていまや五年になるが、毎日、乳粥（牛乳を用いて作った粥《かゆ》）を与えている。

宇多天皇の唐猫は、大宰大弐であった源精が、先帝の光孝天皇に奉ったものを、数日後に賜ったものでした。そもそも唐猫が日本にやってきたのは、経典などをネズミの害から守るために、唐船に乗って中国からやってきたのが、始まりといわれます。

唐船が到着した際、大宰府の大弐が博多の鴻臚館で交易にかかわることは、第四章でもお話しした通りです。当時の大宰府交易の実情からすれば、大弐の源精が唐猫を入手し、その珍しさから光孝天皇に献上した経緯もうなずけます。

宇多天皇の唐猫は、背伸びをすると二尺もの高さになるという、堂々とした体に成長します。また毎日、高価な牛乳の粥を与えられていましたが、それでは足らず、夜にネズミをとる業がほかの猫に抜きん出ていたといいます。

ですので、その描写は、女三の宮の小さく可憐《かれん》な唐猫、他の猫に追いかけられて迷い出すような子猫のイメージとは直接には結びつきにくいものかもしれません。しかし唐猫が天皇をはじめ皇族に献上されるほど珍しく、その愛玩物たるにふさわしい小動物だった点は一致しています。

『枕草子』の「命婦のおとど」

『源氏物語』の世界に入る前に、もうすこし皇族と唐猫の関係について迫ってみたいと思います。宇多天皇に勝るとも劣らず、猫好きで知られるのは、一条天皇です。藤原実資の日記の『小右記』では、こんな記事でその猫好きがばらされています。

このごろ、内裏《だいり》で女院（皇太后詮子《せんし》）や左大臣（藤原道長）、右大臣（藤原顕光《あきみつ》）も出席して猫の子の産養《うぶやしない》があり、また乳母として馬《むま》の命婦《みようぶ》が付けられた。これを耳にした人々は皆、笑ったという。本当に奇怪なことだ。いまだかつて鳥や獣の出産に、人並みに産養をしたり、乳母をつける例など私も聞いたことがない。

長保元年（九九九）九月十九日に、宮中で生まれた猫のために産養の儀式を行い、猫に五位の位を与え、馬の命婦という乳母までつけたというのです。実資はこのことを日記に記し、世間も笑うような「奇怪な事」と呆れたわけです。

しかし、この産養は、一条天皇の人並み外れた猫好きをあらわすばかりではないのかもしれません。というのも、この頃の一条朝の後宮はかなり複雑な状況であり、猫の産養にも何かしら政治的な意図があったという解釈もされています。

一条天皇はまだ後継者になるべき皇子に恵まれず、そのひと月前に懐妊中の定子は、平生昌《なりまさ》邸に移っていますが、道長はそれを宇治行きで妨害しています。公卿たちは定子の平生昌邸への行啓につき従うべきところ、道長の機嫌をそこねるのが怖くて、みな宇治行きに同道してしまうのです。道長は娘彰子の入内準備を着々と進めていた時期で、その二ヶ月後の十一月一日に彰子は入内するのです。

一方、一条天皇は、前年に流産して恥をかいた元子を、九月七日に内裏に呼び寄せています。また、その四日前の九月三日には、宮中の馬場殿で犬の死骸が発見され、八日には道長の宿所の下に童の死体が置かれるなど、不祥事が相次いでいたのです。

そんな時期にあえて猫の産養をしたのは、厄落としの意味もこめて皇子誕生を祈願した、一種の予行演習のような儀式であったかもしれません。もっとも、そこに居並ぶ人々のそれぞれの胸のうちでは、誰が皇子を産むのか、思惑は違っていたことでしょう。

一条天皇は、出産間近な中宮定子を思い浮かべていたかもしれませんが、左大臣の道長、右大臣の顕光はそれぞれの娘、彰子や元子が皇子を産む日を夢見ていたとしても不思議はありません。一条の母詮子とすれば、母親が誰であれ、一日も早い皇子誕生を願っていたことでしょう。

ちなみに、産養をした猫は、唐猫であるとはっきり書かれているわけではありませんが、宮中で飼われ、繁殖していく猫と考えれば、唐猫の血をひいていることは十分考えられることです。そして生まれた子猫の成長した姿が『枕草子』に出てきます。この猫こそ、高校の古典の教科書にもしばしば採られる『枕草子』の翁丸《おきなまろ》の段の猫のことなのです。

一条天皇のお気に入りの愛猫は、叙爵《じょしゃく》して「命婦のおとど」と呼ばれて、馬の命婦という乳母までいたとありますから、これはあの産養をした猫に間違いありません。その乳母が、猫が縁側の簀子《すのこ》の上に寝ているのに業を煮やして、不用意に翁丸という犬をけしかけた為に、猫は翁丸に追いかけられて、朝餉《あさがれい》の間の一条天皇の懐《ふところ》に逃げこみます。そこで犬の翁丸も馬の命婦も一条天皇の勘気にふれるという、周知の事件です。

また『枕草子』では、「なまめかしきもの」の段に、首綱に札をつけた猫が点描されているのも、まだよくなつかず、首綱をつけられた女三の宮の唐猫に通じる印象がありますす。これらの猫が唐猫かどうかは定かではありませんが、宮廷生活にふさわしい、優雅で上品なペットとしての猫がそこに表象されているわけです。

昌子内親王と選ばれた唐猫

もっとも平安の皇族と唐猫の関わりといえば、宇多天皇や一条天皇ばかりではありません。女三の宮物語との関わりからいえば、むしろ、『夫木和歌抄《ふぼくわかしょう》』に載る、次のような歌が注目されます。

しきしまの大和にはあらぬ唐猫の君がためにぞもとめ出でたる
（しきしまの国である大和（日本）の猫ではなく唐猫をあなたのために特別に求めたのです）

これは花山天皇の御製で、三条の太皇太后が猫を所望したので、花山天皇が捜し出して献上した時の歌です。三条の太皇太后とは、朱雀上皇の一人娘である昌子《しょうし》内親王のことで、冷泉天皇の皇后となり、冷泉天皇の譲位の後は、三条宮に住み、さらに寛《かん》和《な》二年（九八六）の一条天皇の即位により太皇太后となった女性です（図16－2）。

花山天皇にとっては、父冷泉の后であった昌子内親王からの依頼であり、義母のために手を尽くして猫を求めたのでしょう。花山天皇は出家し譲位した後は、書写山、比叡《ひえい》山、熊野などを転々とし、修行に励んだといいますから、猫の求めは譲位以前の、帝位にあった時代のことでしょうか。

あるいは、その直前の東宮時代で、歌も詠め、猫も人から譲り受けられるような一人前の判断力も備えていた時期のことかもしれません。

図16－２　昌子内親王の岩倉陵　上野百恵氏撮影

もっとも昌子内親王からの猫の求めは、唐猫に限定したものではなかったようですが、花山天皇としては日本産の猫ではなく、特に珍重された舶来の唐猫がふさわしいと思って、探し出したということなのでしょう。ともあれ、ここでの唐猫は、昌子内親王のようなもっとも高貴な女性皇族のペットとして、いかにも似つかわしい高価で稀少な小動物のイメージです。

しかも、昌子内親王といえば、唐猫ばかりでなく、女三の宮との共通点がいろいろと多いのです。たとえば、女三の宮の裳着について、『源氏物語』の注釈書である『河海抄』では、天暦六年（九五二）の昌子内親王の袴着の例を引いています。二人とも朱雀院という後院の建物に住むばかりでなく、朱雀上皇が病気により出家し、続いて昌子内親王の袴着があったことを連想したからでしょうか。

そもそも『源氏物語』の朱雀院の病気と出家については、歴史上の朱雀上皇の病気と出家を引きあいに注記することが多いのです。そして、その朱雀上皇が鍾愛したのが、譲位後に生まれた昌子内親王でした。

昌子内親王は、『栄花物語』によれば、可憐な容姿で、まさに朱雀上皇の鍾愛の内親王でした。母の熙子《きし》女王は昌子内親王が生まれた年に逝去し、その後は朱雀上皇みずから昌子内親王を愛育したことも、女三の宮に似ています。

朱雀上皇は、昌子内親王が将来、立后することを夢見ながら、もはや内親王が皇后になる時代ではないことを嘆いたといいます。やがて朱雀上皇も病を得て、天暦六年の三月に出家し、同八月に三十歳で崩御したのです。

この時点で昌子内親王は、朱雀上皇の莫大な遺産をひとりで相続したのですが、それもまた『源氏物語』の朱雀院が裳着の直前の女三の宮に、特別な財産分与をしたことを連想させなくもありません。

女三の宮の身代わりとしての唐猫

昌子内親王の唐猫にまつわるエピソードが、はたして女三の宮物語の発想源になったのかどうか、これまでの研究では指摘がないようです。しかし昌子内親王の場合は、皇太后の立場にある人のペットとしては、やはり唐猫が似つかわしいというような次元の話ではないでしょうか。

『源氏物語』の唐猫は、女三の宮という高貴な内親王を箔《はく》づけるペットというばかりでなく、その身代わりとして柏木に意識されているのです。というのも、この垣間見の後、未練をいだく柏木は、唐猫を招いて抱き上げると、女三の宮の馨《かぐわ》しい移り香がただよい、愛らしく鳴く姿もまた、宮によそえられたのでした。

そこで女三の宮への思いがかなわないのならば、せめてこの唐猫だけでも自分のものにしようと柏木は画策するのです。まず柏木が目をつけたのは、女三の宮の母親違いの兄弟である東宮が猫好きであるという点でした。東宮の前で女三の宮の飼っている唐猫がいかに愛らしいかを語り、さんざん煽《あお》って、東宮にその唐猫を引き取らせます。

そして、何気ない顔をして、東宮のもとをおとずれ、東宮がその唐猫がなつかず人見知りをすると告げると、待っていましたとばかり、それでは自分が拝借いたしますと、自邸に連れ帰ってしまうのです。

そこから、周囲の女房も呆れるばかりの柏木の愛育がはじまります。猫可愛がりとはまさにこのこと、夜も一緒に寝て、手ずから食事の世話をし、手なずけ、話しかけたり懐に入れたりと、その愛着ぶりはとどまるところを知りません（図16－3）。

それもこれも、この唐猫が女三の宮の身代わりと思うからで、猫が「ねう、ねう」と鳴くのも、自分に「寝よう、寝よう」と誘いをかけているように聞こえて、柏木自身も苦笑する始末です。

つまり唐猫とは、その姿の愛らしさはもとより、鳴き声や抱き心地でつねに柏木の五感を刺激し、飼い主の女三の宮以上にエロティシズムをただよわせる存在だったのです。そして唐猫という身代わりの存在で満足できればよかったのですが、柏木の恋慕はつのるばかり、六年後には、ついに密通事件を起こします。しかも唐猫は、二人の密通の場面にも影を落とし、ふとまどろんだ柏木の夢の中に意味ありげに姿をあら

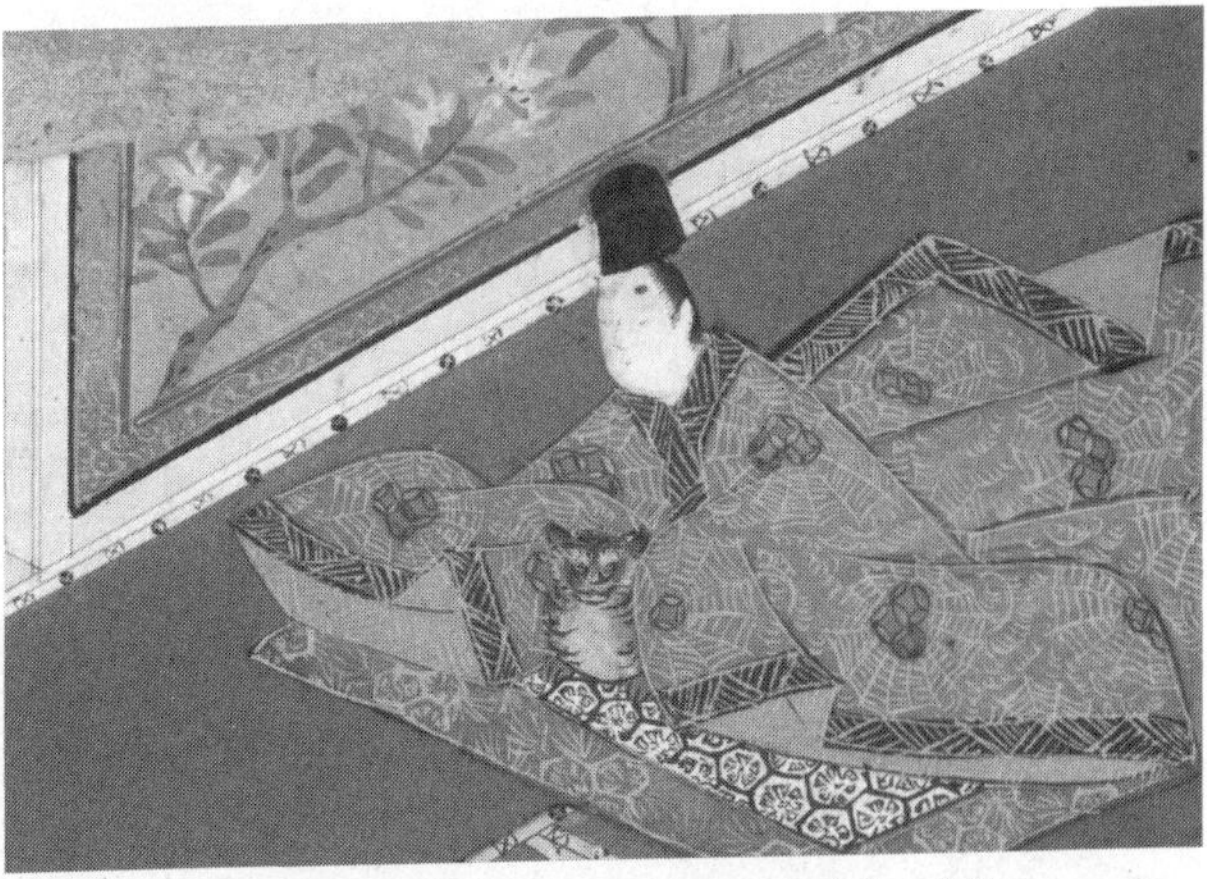

図16－3　唐猫を抱く柏木　土佐派「源氏物語画帖」若菜下　メトロポリタン美術館

わすのです。

ただいささかまどろむともなき夢に、この手馴らしし猫のいとらうたげにうちなきて来たるを、この宮に奉らむとてわが率て来たると思しきを、何しに奉りつらむと思ふほどにおどろきて、いかに見えつるならむと思ふ。　（若菜下）

（柏木はただ少しまどろんだとも思われない夢の中に、あの手なずけた猫がとてもかわいらしく鳴いてやって来たのを、女三の宮にお返し申し上げようとして、自分が連れて来たように思ったが、どうしてお返し申し上げたのだろうと思っているうちに、目が覚めて、どうしてあんな夢を見たのだろう、と思う。）

柏木はなぜこの夢を見たのでしょうか。注釈書の類では、女三の宮が懐妊する予兆としています。たしかにこの一夜で女三の宮は懐妊し、やがて不義の子である薫が生まれることになります。ですから猫の夢が懐妊の予兆という注釈書の解釈は、あくまで後の物語の展開から導かれたものということになります。

柏木の意識からすれば、柏木の夢の中で「らうたげ」に鳴く唐猫は、やはり女三の宮の身代わりで、それを宮に返そうとしたということは、もはや身代わりが必要ない、つまり念願の逢瀬《おうせ》が成就したことを意味するのではないでしょうか。

逢瀬の後、父の邸にもどった柏木が、夢のなかの唐猫の姿を思い出す際にも、女三の宮の影がまとわりついています。しかも、ここでの柏木は、自らの死の運命さえも予見しているのです。走り抜ける唐猫に導かれて禁断の恋がはじまり、女三の宮の身代わりとなった唐猫の夢で柏木が破滅の運命を予知するように、唐猫の存在は、女三の宮の密通事件の局面を絶えず大きく導いているのです。

女三の宮はその欠点ゆえに、そもそも唐物というブランド品で飾り立てられ、その仰々しい調度にむしろ埋没するかのように登場しましたが、やがて女三の宮の華奢《きやしや》な身体につりあうかのような小さな唐猫が、柏木により官能的な存在として発見されたといえるでしょう。

そして、唐猫が高貴な女性の身代わりとして発見されるというパターンの発生は、『源氏物語』のみならず、王朝文学史の猫のイメージをも大きく変換するものであったのです。

『狭衣物語』と『更級日記』のロマネスク

というのも、女三の宮の唐猫の物語は、王朝文学の二つの作品に影響をあたえているからです。その一つは『狭衣物語《さごろもものがたり》』で、もう一つは『更級日記《さらしなにっき》』なのですが、まずは『狭衣物語』から見ていきましょう。

主人公の狭衣は、兄妹のように育てられた従妹の源氏の宮を人知れず恋い慕いますが、拒否されつづけ、やがて賀茂の神託により、源氏の宮は賀茂の斎院となり、もはや手の届かぬ存在になってしまいます。

『狭衣物語』の巻三で、狭衣は一品の宮と不本意な結婚をする羽目になり、いよいよ鬱屈《うっくつ》した日々をすごしています。そして、ある冬の日、源氏の宮が精進潔斎《しょうじんけっさい》している宮中の初斎院《しょさいいん》に足を運びます。源氏の宮の部屋の方をご覧になると、小さな几帳を引き寄せているので、源氏の宮の顔はよく見えませんが、衣装やそこにかかる髪の様子など非のうちどころもありません。

狭衣が源氏の宮と結婚できなかった身の不運を改めて思ったちょうどその時に、なんと宮の傍で眠っていた猫が起き出して、端近《はしぢか》の方に出てきました。そして、猫の首につけた綱が引っかかり、几帳の帷子《かたびら》が引き上げられたのです。その瞬間、二人は顔を見合わせ、宮は赤くなりましたが、とっさに扇をかざして顔を隠しながら少し俯《うつむ》きます。狭衣は久しぶりに見る源氏の宮の美しさに圧倒され、ますます身の不運が思い知らされ、涙さえこぼれます。

気を紛らせようと、扇をうち鳴らして猫を招きよせると、愛らしい声で鳴きながら、まつわりついていきます。猫からただよう源氏の宮の移り香もうらやましく、狭衣が抱き上げると、狭衣の袖からじかに入ろうとする猫のしぐさも可愛いかぎりです。狭衣は、この猫を貸してほしいと懇願しますが、宣旨《せんじ》という女房が笑って許しません。そこで苦しい胸のうちを紙にすさび書きして、猫の首に結びつけて、源氏の宮のもとに戻すのです。

このエピソードが女三の宮物語の蹴鞠の場面の変形バージョンであることは、一目瞭然でしょう。猫の動作により、恋する相手の顔を見て、身代わりに猫を引き取ろうとするところまでは、『源氏物語』と一緒なのですが、消息を猫の首に結びつけて、飼い主のもとに戻すところで変化をつけています。

それにしても、『狭衣物語』のこの場面で女三の宮物語を連想しない読者はいないといってよいでしょう。むしろ『狭衣物語』は、読者に、さあ女三の宮の唐猫の物語を思い出してください、そして『源氏物語』と『狭衣物語』の微妙な違いを楽しんでください、といわんばかりなのです。

『源氏物語』の直接的な影響を隠さない『狭衣物語』に対して、もう一つの『更級日記』の猫のエピソードは間接的な影響下にあります。『更級日記』での猫は、侍従の大納言（藤原行成）の姫君の転生した姿という形で出てくるのです。

『更級日記』の作者の菅原孝標女《たかすえのむすめ》とその姉の前に、五月のある夜、突然愛らしい猫が現れます。二人はその愛らしい猫を人に隠れて飼うようになるのです。人馴れしているのですが、使用人のそばには近寄らず、食べ物も粗末なものはけっして口にしょうとしないのは、舶来の唐猫か、その血を引く猫だったのでしょう。

いつも姉妹の側にいたのですが、やがて姉が病気になり、差し障ってはと猫を遠ざけたところ、姉の夢に猫が現れて、自分が侍従の大納言（藤原行成）の姫君の生まれ変わりだと告げたのです。

人が猫という異類に転生するというのは、仏教的見地からすれば、あまりよくないことです。とはいえ孝標女が『源氏物語』の全巻を手に入れて耽読《たんどく》していた頃の出来事ですから、女三の宮の唐猫がその身代わりのような存在で、柏木の夢の中に出てくることもおそらく意識していたのでしょう。『源氏物語』の読書体験から姉の夢を信じ、ロマンチックな出来事として歓迎したことは疑いもありません。

そもそも三蹟《さんせき》に数えられた父藤原行成の血を受けて、大納言の姫君も能筆家で、孝標女はその姫君の筆跡を書の手本としていました。また姫君が亡くなった同じ治安《じあん》元年（一〇二一）の三月、作者孝標女は乳母も亡くしたので、姫君の手蹟《しゅせき》を見ては、二人の存在を偲んでいたのです。そんな理由で、姫君の生まれ変わりの猫が姉妹の許にやってきたのかもしれません。

しかし、翌年、作者の邸は火事に見舞われ、大事にしていた猫も焼死してしまいます。そして、それが不吉な予兆であったかのように、翌月、姉も亡くなってしまうのです。『更級日記』では乳母と姫君の死、そして姫君の生まれ変わりの猫と姉の死と、四つの死がほぼ連続して語られます。

猫の不意の登場とそのあっけない焼死は、孝標女のロマネスクによせる憧憬と、そのはかなさの象徴のようでもあり、忘れがたいエピソードとして日記に綴《つづ》られたのです。

『古今著聞集』の不気味な唐猫

しかし、やや時代が下ると、どこからともなくやって来た猫は、『更級日記』のようにロマンチックな存在とばかりはいっていられないようです。中世の説話集である

『古今著聞集《ここんちょもんじゅう》』には、唐猫について、こんなエピソードが記されています。

観教法印が嵯峨《さが》の山庄に、うつくしき唐猫の、いづくよりともなくいできたりけるを、とらへて飼ひけるほどに、件のねこ、玉をおもしろくとりければ、法印愛してとらせけるに、秘蔵のまもり刀をとりいでて玉にとらせけるに、件の刀をくはへて、猫やがて逃げ走りけるを、人々追ひてとらへんとしけれどもかなはず、行くかたを知らず失せにけり。この猫、もし魔の変化して、まもりをとりて後、はばかる所なく犯して侍るにや。おそろしき事なり。

（観教法印が嵯峨の山庄に、愛らしい唐猫がどこからともなくやってきたのを捕えて飼っていたところ、その唐猫は、玉を上手にとるので、観教法印は可愛がり玉をとらせていたが、秘蔵のまもり刀を取り出して玉のようにとらせたところ、その刀を口にくわえて、唐猫はそのまま逃げ去ってしまったのを、人々が追いかけて捕えようとしたけれどかなわなくて、猫は行方知らずになってしまった。この猫が、もし魔性のものの化身で、まもり刀をとった後、遠慮することなく罪を犯しているのではないか。恐ろしい事である。）

観教法印というお坊さんが嵯峨の山庄に住んでいた頃、愛らしい唐猫が何処《どこ》からともなくやってきたので飼い始めます。ここまでは『更級日記』と同じ展開なのですが、この猫は玉を取るのが上手だったので、日頃そんな遊びをしていました。ある時、法印がおもしろがって玉の代わりに秘蔵のまもり刀を玉のように取らせたところ、その唐猫はなんと刀をくわえて、走り去ってしまい、いくら行方を探しても見つからなかったのです。『古今著聞集』の語り手は、それが「魔の変化」の所業かと疑い、「おそろしき事」と結んでいます。

近世になれば、猫には化け猫のイメージも出てきますが、『更級日記』の猫と一脈通じつつ、唐猫に向けられたイメージは、その美しい愛らしさにとどまらない不気味なものを孕《はら》みはじめているのです。

孔雀と鸚鵡をめぐる極楽幻想

舶来の動物のなかで、唐猫にだいぶ頁を割いてしまいましたが、最後に珍獣である孔雀と鸚鵡についても少しふれておきたいと思います。

日本の最初の孔雀の記録は、推古六年（五九六）に新羅から孔雀がもたらされたという『日本書紀』の記事です。鸚鵡の記録も、やはり『日本書紀』の大化《たいか》三年（七二〇）十二月の条で、次のようにあります。

新羅《しらき》、上臣《まかりだろ》大阿飡《だいあさん》金春秋《こむしゅんじう》等《ら》を遣《まだ》して、博士《はかせ》小徳《せうとく》高向黒麻呂《たかむくのくろまろ》・小山中《せうせんちう》中臣《なかとみの》連《むらじ》押熊《おしくま》

を送りて来《きた》り、孔雀《くさく》一隻《せき》・鸚鵡《あうむ》一隻を献る。

これも新羅の使者により、一対の孔雀と鸚鵡が献上されたというものです。唐から新羅には、しばしば孔雀と鸚鵡が贈られていますので、その一部が日本に渡ったのかもしれませんが、それらの珍獣も元はといえば、南海からもたらされたものでした。そして九世紀になると入唐僧が、十世紀以降は中国の海商が、孔雀と鸚鵡はワンセットとしてもたらすことが多かったようです。というのも、それらは極楽浄土に住まう鳥獣であり（図16－4）、それらが貴族の庭園にいることが、理想の景をあらわすことになるからです。

図16－4　極楽に住む孔雀に乗る明王、孔雀明王像　平安時代（12世紀）　東京国立博物館

『うつほ物語』でも、まずは俊蔭の漂流譚《たん》で、南海に漂着した俊蔭が遭遇する鳥として、孔雀・鸚鵡が出てきます。

また吹上《ふきあげ》上巻では、種松という紀州の長者が出てきますが、その唐物尽くしの邸の庭園が異国情緒たっぷりに語られた後、

「孔雀、鸚鵡の鳥、遊ばぬばかりなり」(極楽の孔雀や鸚鵡が、今にも遊んでいそうな風情である)とか、「孔雀、鸚鵡鳴かぬばかりにてなむ住みはべりたぶ」(孔雀や鸚鵡が鳴かないばかりの住いにお住みになっております)と語られます。

種松邸の庭園にも孔雀、鸚鵡がいれば、その異国趣味は完璧なのに、といわんばかりなのです。逆にいえば、いかに種松が財宝を積み上げても、孔雀と鸚鵡だけは買い取ることができないのだという入手の困難さが伝わっています。つまり、孔雀と鸚鵡は天皇をはじめ皇族や摂関家の庭にしか置けない鳥獣だったのです。

『枕草子』の「鳥は」の段には、「異どころのものなれど、鸚鵡、いとあはれなり。人のいふらむ言をまねぶらむよ」(異国のものだが、鸚鵡はほんとにしみじみとした感じがする。人が言うようなことを真似するそうだ)とありますが、「まねぶらむよ」の「らむ」という言い方は、鸚鵡を直接知っているのではなく、観念的にその習性を知っているという言い方です。清少納言はその習性を噂《うわさ》に聞いただけで、実際に鸚鵡を見たことがなかったのかもしれません。

その点、『栄花物語』では、道長が建立した法成寺の庭が、極楽浄土もかくやとばかり孔雀と鸚鵡か存在する庭園として語られています。もっとも、長和四年(一〇一五)二月十二日条のように、宋商人の周文裔《しゅうぶんえい》から大宰大監の藤原蔵規《まさのり》を経由して、孔雀が三条天皇に献上された際、道長はそれを下賜されています。

第六章でも触れたところですが、道長は孔雀を土御門殿《つちみかど》で飼育し、卵を十一個産みますが、百余日を経ても孵化《ふか》しなかったといった苦労話もあったようです。

近世では、容易に孵化しない意味の「かえらぬ」をもじって、なかなか帰らないことをいう「孔雀の卵」という諺《ことわざ》があったそうですが、南国育ちの孔雀が、平安京で卵を孵化することは、たしかに難しかったのかもしれません。

そこに、同じ舶来の珍獣といっても、日本で繁殖できた唐猫と、できなかった孔雀という違いも浮かび上がります。『源氏物語』をはじめ平安文学で活躍できた唐猫と、点描にとどまった孔雀と鸚鵡という相違も、まさにそこに由来するのでしょう。

ところで、舶来の珍獣を飼うことは、平安の時代をこえて中世でも流行したようですが、兼好法師は『徒然草』の一二一段の中で、こう戒めています。

凡《およ》そ、「めづらしき禽《とり》、あやしき獣《けだもの》、国に育《やしな》はず」とこそ、文《ふみ》にも侍るなれ。

（およそ「珍しい鳥や見なれない獣は、国内に養わない」と古書にも書いてあるとおりです。）

ここでの「文」（古書）は、中国の五経の一つである『書経』を指し、その一節を引いて、舶来の珍獣など飼う必要がないことを説くのです。『徒然草』は随筆の先達である『枕草子』を意識して綴られていますが、珍獣に対する態度は対照的なのです。

兼好がよしとした舶来ブランド品は、じつは書物と薬だけでした。皇族をはじめ高貴な人物が飼うにふさわしい唐猫、極楽幻想を演出する孔雀と鸚鵡など、その名を聞いただけで眉をひそめる兼好の顔が思い浮かぶではありませんか。

唐猫も、仏典などが日本に運ばれた際に、ネズミ避《よ》けとして船に乗せられたように、仏教とともに招来されたはずの唐物が贅沢《ぜいたく》品に転じていった時代と、それを皮肉する冷ややかな兼好のまなざしがうかがわれて、興味深いのです。

参考文献一覧

＊『源氏物語』をはじめ平安文学の引用は『新編日本古典文学全集』（小学館）に拠《よ》りましたが、表記は一部、私に改めたところがあります。また、参考文献は参照しやすい単行本を中心に挙げるように心がけました。

なお本書に関わる筆者の著作として、『源氏物語時空論』（東京大学出版会、二〇〇五年）、『源氏物語と東アジア世界』（ＮＨＫブックス、二〇〇七年）、『唐物の文化史—舶来品からみた日本』（岩波新書、二〇一四年）、『源氏物語越境論—唐物表象と物語享受の諸相』（岩波書店、二〇一八年）があります。また皆川雅樹氏との共編著に『新装版　唐物と東アジア』（勉誠出版、二〇一六年）、『「唐物」とは何か—舶載品をめぐる文化形成と交流』（勉誠出版、二〇二二年）があります。

第一章　紫式部の人生と唐物

今井源衛『紫式部』（吉川弘文館、一九六六年）
清水好子『紫式部』（岩波新書、一九七三年）
河添房江「紫式部」（『日本女性文学大事典』日本図書センター、二〇〇六年）

第二章　王朝のフレグランス
山田憲太郎『香料博物事典』（同朋舎、一九七九年）
神保博行『香道の歴史事典』（柏書房、二〇〇三年）
田中圭子『薫集類抄の研究』（三弥井書店、二〇一二年）
第三章　『源氏物語』のフレグランス
尾崎左永子『源氏の薫り』（求龍堂、一九八六年）
宮澤正順・シャウマン・ヴェルナー編『香りの比較文化誌』（北樹出版、二〇〇一年）
三田村雅子・河添房江編『薫りの源氏物語』（翰林書房、二〇〇八年）
第四章　王朝の交易ルート
田村圓澄『大宰府探求』（吉川弘文館、一九九〇年）
大津透「平安時代の地方官職」（『平安貴族の環境』至文堂、一九九四年）
重松敏彦「『源氏物語』玉鬘巻と管内諸国の官人」（『源氏物語の鑑賞と基礎知識　玉鬘』至文堂、二〇〇〇年）
塚原明弘「唐の紙・大津・瑠璃君考」（『源氏物語ことばの連環』おうふう、二〇〇四年）
皆川雅樹『日本古代王権と唐物交易』（吉川弘文館、二〇一四年）

シャルロッテ・フォン・ヴェアシュア『モノが語る日本対外交易史七―一六世紀』(藤原書店、二〇一一年)、同『モノと権威の東アジア交流史　鑑真から清盛まで』(勉誠出版、二〇二三年)

第五章　紫式部の情報源

山内晋次『奈良平安期の日本とアジア』(吉川弘文館、二〇〇三年)
村井章介『東アジアのなかの日本文化』(北海道大学出版会、二〇二一年)
堀井佳代子「『小右記』にみえる唐物」(『小右記』と王朝時代』吉川弘文館、二〇二三年)

第六章　道長の海外ネットワークと唐物

大津透『道長と宮廷社会　日本の歴史06』(講談社、二〇〇一年、講談社学術文庫版、二〇〇九年)
朧谷寿『藤原道長　男は妻がらなり』(ミネルヴァ書房、二〇〇七年)
倉本一宏『藤原道長の日常生活』(講談社現代新書、二〇一三年)
大津透・池田尚隆編『藤原道長事典』(思文閣出版、二〇一七年)
佐藤道生編『名だたる蔵書家、隠れた蔵書家』(慶應義塾大学出版会、二〇一〇年)
岡部明日香「藤原道長の漢籍輸入と寛弘期日本文学への影響」(『奈良・平安期の

日中文化交流』農山漁村文化協会、二〇〇一年）
京樂真帆子「平安京貴族文化とにおい」（『薫りの源氏物語』翰林書房、二〇〇八年）
飯沼清子『源氏物語と漢世界』（新典社、二〇一八年）

第七章　王朝のガラス

由水常雄『ガラスの道』（中公文庫、一九八八年）、同『ガラスと文化―その東西交流』（NHK出版、一九九七年）
末澤明子「『源氏物語』のガラス」（『王朝物語の表現生成』新典社、二〇一九年）

第八章　王朝のブランド陶器

亀井明徳『日本貿易陶磁史の研究』（同朋舎出版、一九八六年）
長谷部楽爾・今井敦『中国の陶磁12　日本出土の中国陶磁』（平凡社、一九九五年）
今井敦『中国の陶磁4　青磁』（平凡社、一九九七年）
出川哲朗「法門寺出土の秘色青磁」（『中国の正倉院法門寺地下宮殿の秘宝「唐皇帝からの贈り物」展図録』新潟県立近代美術館・朝日新聞社文化企画局・博報堂、一九九九年）

第九章　王朝の毛皮ブーム

田辺真弓「黒貂の裘」(『服飾美学』17号、一九八八年)
三谷邦明「竹取物語の方法と成立時期―火鼠の裘あるいはアレゴリーの文学」(『物語文学の方法Ⅰ』有精堂出版、一九八九年)
西村三郎『毛皮と人間の歴史』(紀伊國屋書店、二〇〇三年)

第十章　渤海国と桐壺巻の「高麗人」

上田雄『渤海国の謎』(講談社現代新書、一九九二年)
中西進・安田喜憲編『謎の王国・渤海』(角川選書、一九九二年)
濱田耕策『渤海国興亡史』(吉川弘文館、二〇〇〇年)
石井正敏『日本渤海関係史の研究』(吉川弘文館、二〇〇一年)
酒寄雅志『渤海と古代の日本』(校倉書房、二〇〇一年)
佐藤信編『日本と渤海の古代史』(山川出版社、二〇〇三年)

第十一章　紫式部の越前下向と対外意識

辻村全弘「藤原為時・紫式部と宋人」(『國學院大學大学院文学研究科論集』第15号、一九八八年三月)
佐伯雅子『源氏物語における「漢学」』(新典社、二〇一〇年)
福嶋昭治「藤原為時と紫式部の越前行」(『クロノス』第37号、二〇一五年一一月)

第十二章　舶来ブランドの男性コスチューム

近藤富枝『服装から見た源氏物語』（文化出版局、一九八二年）
秋山虔・小町谷照彦編『源氏物語図典』（小学館、一九九七年）
宇都宮千郁「平安朝における綺について」（「中古文学」61号、一九九八年）
河添房江編『王朝文学と服飾・容飾』（竹林舎、二〇一〇年）

第十三章　舶来ブランドの女性コスチューム

秋山虔・小町谷照彦編『源氏物語図典』（小学館、一九九七年）
小笠原小枝『染と織の鑑賞基礎知識』（至文堂、一九九八年）
鳥居本幸代『平安朝のファッション文化』（春秋社、二〇〇三年）
畠山大二郎『平安朝の文学と装束』（新典社、二〇一六年）

第十四章　王朝のインテリア

小泉和子『室内と家具の歴史』（中央公論社、一九九五年、中公文庫版、二〇〇五年）
斎宮歴史博物館編『王朝・いんてりあ図鑑―類聚雑要抄の世界』（斎宮歴史博物館、一九九七年）
川本重雄・小泉和子編『類聚雑要抄指図巻』（中央公論美術出版、一九九八年）

第十五章　王朝の紙の使いみち

尾崎左永子『源氏の恋文』（求龍堂、一九八四年、文春文庫版、一九八七年）
駒井鵞静『源氏物語とかな書道』（雄山閣出版、一九八八年）
池田温『東アジアの文化交流史』（吉川弘文館、二〇〇二年）
町田誠之・秋山虔ほか編『源氏物語　紙の宴』（書肆フローラ、二〇〇二年）
久米康生『和紙の源流』（岩波書店、二〇〇四年）

第十六章　舶来ペットの功罪

田中貴子『鈴の音が聞こえる―猫の古典文学誌』（淡交社、二〇〇一年、講談社学術文庫版、二〇一四年）
倉本一宏『一条天皇』（吉川弘文館、二〇〇三年）
皆川雅樹『日本古代王権と唐物交易』（吉川弘文館、二〇一四年）

・宮内庁書陵部所蔵資料目録・画像公開システム
https://shoryobu.kunaicho.go.jp/
図5－3

・足利市史跡足利学校
https://www.city.ashikaga.tochigi.jp/education/000031/000178/p001426.html
図6－3

・福岡市埋蔵文化財センター
https://www.city.fukuoka.lg.jp/maibun/html/
図8－2

・宮内庁三の丸尚蔵館
https://shozokan.kunaicho.go.jp/
図15－2, 15－3

・メトロポリタン美術館
https://www.metmuseum.org/ja
図3－3, 11－3, 12－3, 16－3

・ハーバード大学美術館
https://harvardartmuseums.org/
図9－3, 12－2, 14－1

図版出典一覧

・ColBase
https://colbase.nich.go.jp/?locale=ja
カバー表紙・伝谷文晁筆「紫式部図」、図 1－2, 1－3, 6－1, 8－3, 12－1, 13－1, 16－4
4つの国立博物館（東京国立博物館、京都国立博物館、奈良国立博物館、九州国立博物館）の所蔵品を、横断的に検索できる。

・国立国会図書館デジタルコレクション
https://dl.ndl.go.jp/ja/
図 2－2, 2－3, 6－2, 6－5, 9－2, 11－4, 14－2, 14－3, 16－1
国立国会図書館で収集・保存しているデジタル資料を検索・閲覧できるサービス。

・日本古典籍データセット
http://codh.rois.ac.jp/pmjt/
図 3－1, 3－4, 7－1, 15－1
「日本語の歴史的典籍の国際共同研究ネットワーク構築計画」においてデジタル化された古典籍画像などをオープンデータとして公開するもの。現在は国文学研究資料館が所蔵する古典籍を中心に提供。

・宮内庁正倉院ホームページ
https://shosoin.kunaicho.go.jp/
図 2－1, 7－2, 7－3

・和泉市久保惣記念美術館
https://www.ikm-art.jp/
図 3－2, 10－1, 10－4, 13－2, 13－3
『土佐派源氏絵研究』（2018）より転載

・「源氏物語の世界　再編集版」
http://www.genji-monogatari.net/
渋谷栄一「源氏物語の世界」を再編集し、注釈も付けたサイト。挿画に『絵入源氏物語』を使用。

・東京大学総合図書館「デジタル源氏物語」
https://genji.dl.itc.u-tokyo.ac.jp/
インターネット上に公開されている『源氏物語』関連の画像やデータを用いて、横断的な「ＡＩ画像検索」を提供。

参考サイト一覧

・摂関期古記録データベース
https://www.nichibun.ac.jp/ja/db/category/heian-diaries/
平安時代中期に記された古記録の訓読文をデータベース化。本書に関わるものとして『御堂関白記』『小右記』『一条天皇御記』など。

・ジャパンナレッジ
https://japanknowledge.com/
オンライン辞書・事典検索サイト。会員制だが、詳細検索で『新編日本古典文学全集』の本文・頭注・現代語訳が読めて、語彙も検索できるのが便利。

・古典ライブラリー
https://www.kotenlibrary.com/
会員制で「平安文学ライブラリー」(平安文学の本文の提供と語彙・品詞別・全文検索のシステム)、「和歌・連歌ライブラリー」などを提供。

・古典総合研究所
http://genji.co.jp/
『源氏物語』をはじめ平安文学の主要作品の語彙検索ができる。概ね小学館の『新編日本古典文学全集』を底本とするが、『蜻蛉日記』『枕草子』『紫式部日記』『狭衣物語』など例外もある。

・渋谷栄一「源氏物語の世界」
http://www.sainet.or.jp/~eshibuya/index.html
『源氏物語』の本文、注釈、現代語訳、ローマ字版、語彙索引。『紫式部日記』『紫式部集』の注釈、現代語訳、ローマ字版。

あとがき

本書の元となった角川選書『光源氏が愛した王朝ブランド品』は、二〇〇八年の源氏物語千年紀に刊行されました。それから十五年の歳月が流れて、いま改訂版が角川ソフィア文庫から刊行されることは感慨深いものがあります。

今回、私の本としては初めて「紫式部」を入れたタイトルにいたしました。二〇二四年のNHKの大河ドラマが「光る君へ」となったことを受けて、これを機会に読者の方々に紫式部や藤原道長がどのような時代に生きたのか、その実像を知ってほしいという思いからです。

国風文化の時代といわれますが、それは純日本的な文化というより、異国からのモノ、すなわち唐物を受け入れて、それを消費する洗練された都市文化でした。そうした王朝文化と紫式部、道長、父為時、夫宣孝がどのように関わるのか、元の選書にこれまで発表してきた論文のエッセンスを加える形でできるだけ増補しました。

本書は、紫式部やその周辺の人物と唐物や異国との関わりを紹介した章と、王朝の唐物そのものをアイテム別に紹介した章がありますが、どこからでも興味をおぼえた章からお読みいただければと思います。

図版も元の選書から一新して、王朝の唐物文化を伝えるもの、それらを後代で解釈した作品、紫式部に関わりのある名跡の写真などを掲載いたしました。王朝文化のモノの世界を、読者がビジュアルでも楽しんでいただけたら幸いです。

＊

さて唐物というテーマとの出会いをふりかえると、じつに四半世紀前にさかのぼります。切っ掛けは、『源氏物語』に描かれた唐物が、光源氏の権威や権力にかかわることに気づいたことでした。一九九七年、アメリカで「ニューヒストリシズム（新歴史主義）」をテーマとする学会があり、その内容を「交易史の中の源氏物語」という題で発表いたしました。

一九八〇年代までの歴史学は政治史が主流で、モノを扱う交易史は傍流だったのが、一九九〇年代後半には、まさにメインストリームの中に躍り出てきたという状況でした。当時、そうした歴史学の成果から多くの刺激を受けました。

そして本としてまとめたのが、『源氏物語と東アジア世界』（NHKブックス）と本書の元となった角川選書だったわけです。特に後者は、私の著書のなかでも一般読者をもっとも意識したもので、朝日新聞の書評欄に取り上げられ、のちに中国で『源氏風物集』という題で翻訳されたのも良い思い出です。

唐物というテーマはその後、私の研究対象を『源氏物語』と王朝文学から、上代から近世までの古典文学全般へと拡げてくれました。また国風文化論の再検討から日本文化論まで足を踏み入れて、『唐物の文化史―舶来品からみた日本』（岩波新書）を上梓《じょうし》しました。まさに一生ものの研究テーマに出会えたことを、今は感謝しています。

最後に、この改訂文庫版を出版するにあたり、編集担当の麻田江里子さん、写真掲載で上野百恵さんに大変お世話になりました。記して、心から感謝いたします。

二〇二三年　処暑

河添房江

本書は『光源氏が愛した王朝ブランド品』（角川選書、二〇〇八年）を元に、紫式部や藤原道長と唐物の関係など、最新の研究成果を取り入れて改題・増補したものです。

紫式部《むらさきしきぶ》と王朝文化《おうちようぶんか》のモノを読《よ》み解《と》く

唐物《からもの》と源氏物語《げんじものがたり》

河添房江《かわぞえふさえ》

令和5年 10月25日　初版発行

発行者●山下直久

発行●株式会社KADOKAWA
〒102-8177　東京都千代田区富士見2-13-3
電話　0570-002-301（ナビダイヤル）

角川文庫 23871

印刷所●株式会社暁印刷
製本所●本間製本株式会社

表紙画●和田三造

●お問い合わせ
https://www.kadokawa.co.jp/（「お問い合わせ」へお進みください）
※内容によっては、お答えできない場合があります。
※サポートは日本国内のみとさせていただきます。
※Japanese text only

ISBN 978-4-04-400792-8　C0195

角川文庫発刊に際して

角川源義

第二次世界大戦の敗北は、軍事力の敗北であった以上に、私たちの若い文化力の敗退であった。私たちの文化が戦争に対して如何に無力であり、単なるあだ花に過ぎなかったかを、私たちは身を以て体験し痛感した。西洋近代文化の摂取にとって、明治以後八十年の歳月は決して短かすぎたとは言えない。にもかかわらず、近代文化の伝統を確立し、自由な批判と柔軟な良識に富む文化層として自らを形成することに私たちは失敗して来た。そしてこれは、各層への文化の普及滲透を任務とする出版人の責任でもあった。

一九四五年以来、私たちは再び振出しに戻り、第一歩から踏み出すことを余儀なくされた。これは大きな不幸ではあるが、反面、これまでの混沌・未熟・歪曲の中にあった我が国の文化に秩序と確たる基礎を齎らすためには絶好の機会でもある。角川書店は、このような祖国の文化的危機にあたり、微力をも顧みず再建の礎石たるべき抱負と決意とをもって出発したが、ここに創立以来の念願を果すべく角川文庫を発刊する。これまで刊行されたあらゆる全集叢書文庫類の長所と短所とを検討し、古今東西の不朽の典籍を、良心的編集のもとに、廉価に、そして書架にふさわしい美本として、多くのひとびとに提供しようとする。しかし私たちは徒らに百科全書的な知識のジレッタントを作ることを目的とせず、あくまで祖国の文化に秩序と再建への道を示し、この文庫を角川書店の栄ある事業として、今後永久に継続発展せしめ、学芸と教養との殿堂として大成せんことを期したい。多くの読書子の愛情ある忠言と支持とによって、この希望と抱負とを完遂せしめられんことを願う。

一九四九年五月三日

角川ソフィア文庫ベストセラー

源氏物語
ビギナーズ・クラシックス　日本の古典

紫式部
編／角川書店

日本古典文学の最高傑作である世界第一級の恋愛大長編『源氏物語』全五四巻が、古文初心者でもまるごとわかる！　巻毎のあらすじと、名場面はふりがな付きの原文と現代語訳両方で楽しめるダイジェスト版。

紫式部日記
ビギナーズ・クラシックス　日本の古典

紫式部
編／山本淳子

平安時代の宮廷生活を活写する回想録。同僚女房や清少納言への冷静な評価などから、当時の後宮が手に取るように読み取れる。現代語訳、幅広い寸評やコラムで、『源氏物語』成立背景もよくわかる最良の入門書。

御堂関白記
ビギナーズ・クラシックス　日本の古典
藤原道長の日記

藤原道長
編／繁田信一

王朝時代を代表する政治家であり、光源氏のモデルとされる藤原道長の日記。わかりやすい解説を添えた現代語訳で、道長が感じ記した王朝の日々が鮮やかによみがえる。王朝時代を知るための必携の基本図書。

蜻蛉日記
ビギナーズ・クラシックス　日本の古典

右大将道綱母
編／角川書店

美貌と和歌の才能に恵まれ、藤原兼家という出世街道まっしぐらな夫をもちながら、蜻蛉のようにはかない自らの身の上を嘆く、二一年間の記録。有名章段を味わいながら、真摯に生きた一女性の真情に迫る。

枕草子
ビギナーズ・クラシックス　日本の古典

清少納言
編／角川書店

一条天皇の中宮定子の後宮を中心とした華やかな宮廷生活の体験を生き生きと綴った王朝文学を代表する珠玉の随筆集から、有名章段をピックアップ。優れた感性と機知に富んだ文章が平易に味わえる一冊。

角川ソフィア文庫ベストセラー

うつほ物語
ビギナーズ・クラシックス 日本の古典

編／室城秀之

異国の不思議な体験や琴の伝授にかかわる奇瑞などの浪漫的要素と、源氏・藤原氏両家の皇位継承をめぐる対立を絡めながら語られる。スケールが大きく全体像が見えにくかった物語を、初めてわかりやすく説く。

和泉式部日記
ビギナーズ・クラシックス 日本の古典

和泉式部
編／川村裕子

為尊親王の死後、弟の敦道親王から和泉式部へ手紙が届き、新たな恋が始まった。恋多き女、和泉式部が秀逸な歌とともに綴った王朝女流日記の傑作。平安時代の愛の苦悩を通して古典を楽しむ恰好の入門書。

古事談
ビギナーズ・クラシックス 日本の古典

源顕兼
編／倉本一宏

鎌倉時代初め、源顕兼により編修された『古事談』は、「称徳天皇が道鏡を愛した事」から始まり、貴人の逸話や故実・奇譚まで多彩な説話が満載。70話を厳選し、原文・現代語訳と書下し文に解説を付す決定版！

権記
ビギナーズ・クラシックス 日本の古典

藤原行成
編／倉本一宏

藤原道長や一条天皇の側近として活躍した、能吏が書き記した摂関期の宮廷日記。『行成卿記』ともいわれ、宮廷での政治や儀式、秘事までが細かく書き残されており、貴族たちの知られざる日常生活が分かる。

三十六歌仙
ビギナーズ・クラシックス 日本の古典

編／吉海直人

「歌の神」として崇拝されてきた藤原公任撰『三十六人撰』の歌人たち。代表歌の鑑賞、人物像と時代背景、「百人一首」との違い、和歌と歌仙絵の関係など、知っておきたい基礎知識をやさしく解説する入門書。

角川ソフィア文庫ベストセラー

新版 うつほ物語 一
現代語訳付き

訳注／室城秀之

『源氏物語』にも影響を与えたといわれる日本文学史上最古の長編物語。原文、注釈、現代語訳、各巻の梗概、系図などの資料を掲載。第一冊となる本書には、「俊蔭」「藤原の君」「忠こそ」「春日詣」をおさめる。

新版 落窪物語（上、下）
現代語訳付き

訳注／室城秀之

『源氏物語』に先立つ、笑いの要素が多い、継子いじめの長編物語。母の死後、継母にこき使われていた女君。その女君に深い愛情を抱くようになった少将道頼は、継母のもとから女君を救出し復讐を誓う――。

源氏物語（全十巻）
現代語訳付き

紫式部
訳注／玉上琢彌

一一世紀初頭に世界文学史上の奇跡として生まれ、後世の文化全般に大きな影響を与えた一大長編。寵愛の皇子でありながら、臣下となった光源氏の栄光と苦悩の晩年、その子・薫の世代の物語に分けられる。

紫式部日記
現代語訳付き

紫式部
訳注／山本淳子

華麗な宮廷生活に溶け込めない複雑な心境、同僚女房やライバル清少納言への批判――。詳細な注、流麗な現代語訳、歴史的事実を押さえた解説で、『源氏物語』成立の背景を伝える日記のすべてがわかる！

与謝野晶子の源氏物語（上、中、下）
光源氏の栄華／六条院の四季／宇治の姫君たち

与謝野晶子

子供の頃から『源氏物語』を愛読していた与謝野晶子が、各話をダイジェストし、特に名場面の心理描写を丁寧に綴ったはじめての現代語訳。『源氏物語』を国民の愛読書へと導いた記念作。梶田半古の挿画を収載。

角川ソフィア文庫ベストセラー

日本文学の古典50選　久保田　淳

当代一の和歌研究者による古典名作案内。万葉集、源氏物語、徒然草、おくのほそ道、世間胸算用など日本文学の古典50編をとり上げ、名歌名文を引用しながら作品の内容を紹介する。

紫式部ひとり語り　山本淳子

女房になりたくなかった紫式部が中宮彰子の女房となった理由、宮中の人付き合いの難しさ、主人中宮への賛嘆、ライバル清少納言への批判……『源氏物語』の時代の宮廷生活、執筆動機がわかる！

源氏物語入門　〈桐壺巻〉を読む　吉海直人

『源氏物語』を読み解く鍵は冒頭巻にあった！　本巻11000字を70章にわけ、原文と鑑賞、現代語訳を掲載。歴史的資料を示しつつ、巧妙な伏線を一言一句のがさず、丁寧に解説。基礎知識も満載。

はじめての王朝文化辞典　川村裕子　絵／早川圭子

平安時代の家、調度品、服装、儀式、季節の行事、食事や音楽、娯楽、スポーツ、病気、信仰や風習……『源氏物語』や『枕草子』などに描かれた古典文学の世界が鮮やかによみがえる！　文化を学べる読む辞典。

更級日記　現代語訳付き　菅原孝標女　訳注／原岡文子

作者一三歳から四〇年に及ぶ平安時代の日記。東国から京へ上り、恋焦がれていた物語を読みふけった少女時代、晩い結婚、夫との死別、その後の侘しい生活。ついに憧れを手にすることのなかった一生の回想録。